Bibbiena

LA CALANDRIA

A cura di Paolo Fossati

Giulio Einaudi editore

La Calandria del Bibbiena è, prima di tutto, un elegantissimo spettacolo linguistico e stilistico: il faceto, il furbesco, il sensuale, ben lungi dall'essere la verità piú immediata, quella che la commedia rappresenta e impone allo spettatore, nascono di riflesso, in modo indiretto e filtrato. Si potrebbe, anzi, anticipare la conclusione dicendo che se sensualità e malizia nella commedia si ritrovano, saranno la malizia del comportamento letterario e la sensualità dell'agilità linguistica a contare davvero.

Manca del tutto l'adesione dell'immediatezza fisica delle situazioni con la connotazione stilistica che le individualizzi; manca il ritmo scenico: contano il prolungarsi in scena di una scrittura capace di comporsi di continuo in equilibrata sensibilità formale, e, ancora, la tenuta dialogica, il tempo con cui le « battute » scompongono e ricompongono le membrature della pagina, con tutti i rimandi e le allusioni connesse.

Né potrebbe essere diversamente: rappresentata la prima volta nel 1513, e dunque con le commedie ariostesche tra i primi esempi del nuovo teatro rinascimentale, *La Calandria* si colloca subito come un modello di composta funzionalità d'azione e di qualità di ricerca stilistica. In un teatro che si propone essenzialmente d'essere perfetto meccanismo, e perfetta macchina formale, cosí da soddisfare a quell'edonismo che domina l'intera prima metà del secolo, *La Calandria* è un piccolo capolavoro. La sua giocosità, la sua felicità sono tali nelle mani di quel cardinal Dovizi maestro di burle e di facezie al punto di passare, senza soluzioni di continuità, dalla vicenda biografica alla celebrazione del proprio comportamento nelle pagine del *Cortegiano* dell'amico Castiglione: un passaggio che testimonia come gesti, modi e comportamenti dell'uomo già si atteggiassero secondo un codice che gli consente con agio di abitare le pagine del libro castiglioneo.

Se mai, piú che celebrare, come ha fatto Luigi Russo, « la foga irrefrenabile... della carne », sarà meglio ammirare con quale prestigiosa disciplina e agilità in lui si assottigli la distanza fra arte e vita, e si giunga ad un'arte della vita che ha il suo esatto corrispondente in quell'annullamento del rapporto realtà-finzione, personaggio-sfondo che sarà piú tardi la nozione elementare di teatro moderno. L'astrazione delle forme, l'intero ripiegamento entro le ragioni di generi (teatro, novella, lirica, epistola) sono, di colpo, forme di vita: ma è vero pure il contrario, e cioè che la vita, usando il titolo di un saggio assai interessante sul Boccaccio (che, del resto, di questa operazione è assunto dagli uomini del primo '500 come nume tutelare) è vita di forme: l'arte della vita è vita dell'arte. Le distanze non esistono piú, la finzione teatrale e la sua ombra, la pagina dell'autore al di là della scena, si ricompongono in unità.

Se *La Calandria* va anche ripensata come uno dei testi che nel '500 fu sentito come esemplare, è perché subito si presenta come tale: del resto il primo critico che ne tracciò pubblicamente il profilo definitivo, in sede letteraria, ancora il Castiglione, insiste proprio sul valore di « modello », che la commedia voleva assumere. Un modello tutt'altro che astratto, però: e qui occorre fare ogni attenzione: *La Calandria* non vuole imporre la nozione fissa e astratta di una propria, piú o meno alta, perfezione, non vuole cioè essere conchiusa forma a sé stante. Al contrario, entro quel formalismo di cui si discorreva, transita una nuova visione della realtà, e si arricchisce ed articola sempre piú e sempre meglio: lo sviluppo formale che *La Calandria* inscena è dinamica progressione, ciclo operosamente condotto innanzi.

E se ne può tentare la riprova saggiandone un aspetto almeno: quello della lingua. Se al di qua di una ideale linea di demarcazione, su cui sta anche la commedia del Bibbiena, è il complesso gioco a piú soluzioni del tardo '400, oltre troviamo il toscano insediato come *la* lingua nazionale delle lettere. Lo sforzo cui si assiste, nella *Calandria*, è quello di qualificare questa presa del potere ormai dittatoriale, e cioè con tutte le arginature monolinguistiche e monostilistiche che ne conseguono, all'interno di un genere: la commedia. Lo sforzo di qualificazione e di determinazione della commedia in lingua *volgare*, il riscatto della « vicenda » dai moduli anacronistici del repertorio classico, plautino particolarmente, l'uso di una lingua agile e colorita, ma sottesa sull'arco del toscano, non a caso sono i tre punti della polemica del Castiglione nel prologo che dettò per il pubblico della corte urbinate, per un pubblico cioè vitalmente innestato nella problematica di cui l'autore del *Cortegiano* dipanava le fila.

E certo il gioco di scena dedotto da Plauto scompare o si attutisce talmente da non aver piú ragioni funzionali; l'uniformità e la coerenza del genere sono garantite ora dal Boccaccio, usato come repertorio di soluzioni e di atteggiamenti, persino proverbiali, tanto è norma costante di comportamento; la vicenda non solo si colloca nell'oggi piú immediato ma perde la sua astrattezza di costruzione puntando tutto sulle risorse e le reazioni dell'amore come intelligenza e furberia, capacità tecnica e linguistica di proporsi grovigli e di scioglierli.

Il nucleo vivo è la lingua, e qui davvero il Bibbiena offre il suo spettacolo piú alto: qualificare il genere entro la lingua nazionale, ma anche determinarne con i sali e i sapori di un'immediatezza di coloritura gergale e dialettale l'arricchimento, vero o presunto, dell'orizzonte. Ed è appunto questo il compito che la macchina teatrale cinquecentesca si proponeva: i suoi «contenuti» trascendono le scene singole o i singoli pubblici, il suo spettacolo è collocarsi nell'arco di un'intera civiltà.

PAOLO FOSSATI

[1967].

Nota bio-bibliografica

Bernardo Dovizi nacque in Bibbiena il 4 agosto 1470: dal nome del piccolo centro casentinese viene comunemente indicato, cosí come talora si adotta l'altro modo, di Santa Maria in Portico, dalla sede in cui gli fu imposto il cappello cardinalizio. Tipica figura di diplomatico e uomo politico, restò legato per tutta la vita alle vicende della famiglia dei Medici, in modo accorto e fermo, al punto da essere in alcune occasioni l'uomo di punta della situazione: cosí nel lungo periodo di esilio da Firenze dei suoi signori, e cosí nell'azione a favore del cardinale Giovanni per portarlo al soglio pontificio. Nella cancelleria medicea era entrato giovanissimo, nel 1492, seguendo l'esempio di due piú anziani fratelli: appena un paio d'anni piú tardi è chiamato a far parte dell'ambasceria che reca ad Alessandro VI l'omaggio di Firenze, e nel '94 è a Napoli ambasciatore presso il re Alfonso. Intanto diviene l'uomo di fiducia di Piero, e in seguito di Giovanni. È questi, anzi, che segue a Roma in esilio, quando i Medici sono cacciati da Firenze, ed è attorno a questo cardinale che tesse una fitta trama di relazioni e di accordi, non ultima spinta diplomatico-politica che nel 1512 restituirà ai Medici la signoria. Pochi mesi dopo questo risultato fortunato si colloca l'altra azione per il cardinal Giovanni, quella che, morto Giulio II, lo conduce, nel 1513, al soglio papale con il titolo di Leone X. Si moltiplicano per il Dovizi i titoli e le responsabilità: nel solo 1513 è via via tesoriere generale, protonotario, cardinale. E di pari passo s'estende la sua attività diplomatica: si deve a lui l'alleanza tra il papa, Massimiliano, Svizzera, Genova e Milano siglata nel '15; l'anno seguente è legato presso l'esercito pontificio che assedia Urbino, quella corte presso la quale negli anni precedenti era stato uno degli uomini piú ammirati e brillanti; nel 1518 si reca in Francia nel tentativo di muovere una crociata contro i Turchi, la cui politica si è fatta assai prossima a quella d'oltralpe, provocando le preoccupazioni vaticane. Ormai tanto potente da esser definito « alter papa », gli è assegnato il vescovado di Costanza: ma ne cede le prebende e le rendite all'amico Bembo. Alla fine del 1519, malato, rientra a Roma: e vi muore il 9 novembre 1520. I sospetti furono abbastanza consistenti: i cronisti contemporanei parlano di veleno, forse per il timore di Leone X che Dovizi ormai maneggiasse per succedergli nel pontificato: ma sono notizie che è impossibile accertare. È anzi piú certo che il male che da tempo lo assillava fosse giunto a un punto estremo: il biografo pontificio scrive che morí « stomachi languore absumptus ».

Letterato-statista, il Bibbiena lascia alcune centinaia di lettere, assai acuto squarcio nel vivo della vita cinquecentesca, e dei rapporti con gli uomini di cultura e i politici del tempo, oltre *La Calandria*. Fu uomo di corte, affabile e maestro di burle, ricordate un poco da tutti i contemporanei, ma in particolare dal Castiglione nel *Cortegiano*, che ne fa un personaggio citato a piú riprese: il comportamento che è dato cogliere in queste pagine è quello di uno schema di vita sociale predisposta sulla base di un'ampia stilizzazione letteraria, per gusto e atteggiamenti. Della giocondità intelligente del personaggio sembra, almeno esteriormente, esser impregnata la commedia, unico prodotto letterario che del Bibbiena ci sia pervenuto. Il biografo di Leone X, Giovio, scrive, in realtà, che «... comoedias... scrivebat...» indicando con ciò, se la nostra lettura è esatta, un discreto numero di opere. Forse il successo che per tutto il secolo la commedia ebbe potrebbe giustificare la sopravvivenza di questo solo suo lavoro: ma tutto è oscuro attorno alla consistenza del Bibbiena scrittore.

La Calandria va, nelle edizioni moderne, accompagnata da due prologhi: uno, di mano del Castiglione, fu detto in occasione della prima rappresentazione ad Urbino; il secondo è stato scoperto solo di recente. Ed è attorno ad esso che non pochi dubbi sono sorti, non di paternità, bensí di collocazione: se cioè fosse effettivamente legato alla *Calandria*. A parte il deciso salto logico, di contenuti, rispetto alla commedia, invero non insuperabile se si riflette alla dichiarazione poetica allusivamente boccacciana che lo permea, la discussione nasce dal fatto che mai nelle edizioni a stampa del testo questo prologo ebbe posto. Edita nel 1521 a Siena, *La Calandria* fu ristampata fittamente per tutto il secolo a Venezia e a Firenze, ma sempre col solo prologo castiglioneo. Né si ha notizia di esso nelle rappresentazioni, pur esse numerose, del lavoro: dopo quella iniziale in Urbino del 6 febbraio del 1513, in Vaticano fu dato in onore di Isabella Gonzaga nel dicembre 1514, e vi fu replicato durante il carnevale del '15; a Mantova si ebbero due messinscena, nel 1520 e nel 1532; a Venezia nel '21 e l'anno seguente; ancora nel 1549 a Camerino, senza dar conto delle numerose riprese fuori d'Italia. Solo nel 1875 Isidoro Del Lungo scovò il prologo nelle carte medicee, e in seguito lo pubblicò, ritenendolo il brano giunto tardi per la prima della commedia in Urbino e sostituito dall'altro castiglioneo. Senonché il riferimento iniziale a un personaggio molto preciso, quel «ser Giuliano» che è evidentemente un direttore di scena fiorentino, allora facilmente identificabile dal proprio pubblico, induce a negare che questo prologo potesse venire utilizzato fuori Firenze: e tutto l'intreccio narrativo attorno a casi immaginati in città conferma il dubbio. Resta perciò valida una doppia ipotesi: o che si tratti di prologo per un altro testo dello stesso Bibbiena o che dovesse servire a un testo di un altro commediografo, fiorentino. Se è tale il problema, in sé irresolvibile per chi editi la commedia, il valore documentario del brano è esemplare e resta a testimoniare ancor piú acutamente la temperie in cui il Dovizi ebbe a muoversi.

Dal punto di vista testuale *La Calandria* non presenta problemi:

divenuta ormai canonica la lezione edita da I. Sanesi, essa è stata concordemente ripetuta dagli editori successivi e a quella si fa capo anche nel nostro caso. Unica variante, accolta in seguito alla precisazione del Borsellino, all'atto III, scena II, di cui si dà ragione in nota.

LA CALANDRIA

PERSONAGGI

Prologo	
Argumento	
Fessenio	servo
Polinico	precettore
Lidio	adulescentulo
Calandro	
Samia	serva
Ruffo	negromante
Santilla	
Fannio	servo
Fulvia	moglie di Calandro
Meretrice	
Facchino	
Sbirri	di dogana

PROLOGO

[*del Castiglione*]

Voi sarete oggi spettatori d'una nova commedia intitulata *Calandria*: in prosa, non in versi; moderna, non antiqua; vulgare, non latina. *Calandria* detta è da Calandro el quale voi troverrete sí sciocco che forse difficil vi fia di credere che Natura omo sí sciocco creasse già mai. Ma, se viste o udite avete le cose di molti simili, e precipue quelle di Martino da Amelia (el quale crede la stella Diana essere suo' moglie, lui essere lo Amen, diventare donna, Dio, pesce ed arbore a posta sua), maraviglia non vi fia che Calandro creda e faccia le sciocchezze che vedrete. Rappresentandovi la commedia cose familiarmente fatte e dette, non parse allo autore usare il verso; considerato che e' si parla in prosa, con parole sciolte e non ligate. Che antiqua non sia dispiacer non vi dee, se di sano gusto vi trovate: per ciò che le cose moderne e nove delettano sempre e piacciono piú che le antique e le vecchie; le quale, per longo uso, sogliano sapere di vieto. Non è latina: però che, dovendosi recitare ad infiniti, che tutti dotti non sono, lo autore, che piacervi sommamente cerca, ha voluto farla vulgare; a fine che, da ognuno intesa, parimenti a ciascuno diletti. Oltre che, la lingua che Dio e Natura ci ha data non deve, appresso di noi, essere di manco estimazione né di minor grazia che la latina, la greca e la ebraica: alle quali la nostra non saria forse punto inferiore se la esaltassimo, la osservassimo, la polissimo con quella diligente cura che li greci e altri ferno la loro. Bene è di sé inimico chi l'altrui lingua stima piú che la sua propria. So io bene che la mia mi è sí cara che non la darei per quante lingue oggi si trovano. E cosí credo intervenga a voi. Però grato esser vi deve sentire la commedia nella lingua vostra. Avevo errato: nella nostra, non nella vostra, udirete la commedia; ché a parlare aviamo noi, voi a tacere. De' quali se sia chi dirà lo autore essere gran ladro di Plauto, lassiamo stare che a Plauto staria molto bene lo essere rubato per tenere, il moccicone, le cose sua senza una chiave, senza una custodia al mondo; ma lo autore giura, alla croce di Dio, che non gli ha furato questo (*facendo uno scoppio con la mano*); e vuole stare a paragone. E, che ciò sia vero, dice che si cerchi quanto ha Plauto e troverrassi che niente gli manca di quello che aver suole. E, se cosí è, a Plauto non è suto rubbato nulla del suo. Però non sia chi per ladro imputi lo autore. E, se pure alcuno ostinato ciò ardisse, sia pregato almeno di non vituperarlo accusandolo al bargello; ma vada a dirlo secretamente nell'orecchio a Plauto. Ma ecco qua chi vi porta lo Argumento. Preparatevi a pigliarlo bene, aprendo ben ciascuno il buco de l'orecchio.

PROLOGO

[*del Bibbiena*]

Oh che tranquillo sonno e che piacevol sogno m'ha rotto ser Giuliano con quella suo' voce da camera, che gli venga il canchero! Se mi donassi il miglior poder ch'egli abbi, non mi ristorerebbe del piacere che m'ha tolto svegliandomi. Io dormiva qua come un tasso e sognava d'aver trovato l'anel d'Angelica; quell'anel, dico, che chi lo portava in bocca non poteva esser veduto da persona. Pensate or voi, donne mie, se io ero allegro di sí fatta ventura! Io faceva pensiero di andarmene invisibile alle casse di certi pigolòni avaracci, a' quali non si trarrebbe un grosso delle mani con le tanaglie di Nicodemo, e quivi volevo fare un ripulisti di tal sorte che non rimanessi loro un marcio quatrino. In ogni modo egli è un peccato che cotali miseracci abbin del fiato, poi che, per non spendere un soldo, tengano a patti quasi di lasciarsi morir di fame. Alle spese loro volevo io ragunar tanti denari che io comprassi due bonissime porzioni: chi sarebbe poi stato meglio di me, dite il vero? Pensava poi di vedere tutte le donne di Firenze quando si levano: e forse che i' non arei potuto farlo, potendo andar per tutto senza esser veduto! – So – diceva io – che non gioverà far meco lo schizzinoso di non voler esser vedute, perché le giugnerò in lato che non potranno nascondermisi! – E già mi pareva essere a' ferri, quando, cosí dormendo, mi ricordai che stasera si faceva una veglia. – Orsú – diss'io – inanzi che i' faccia altro, vo' dare una scorribandola per queste case e vedere quel che fanno quelle donne che vi sono invitate. – Fatto il pensiero, mi pongo l'anello in bocca; e, parendomi di non poter esser veduto, entro in una casa. E truovo che 'l marito faceva un grande afrettare la moglie che andassi via presto, e non le dava tanto agio che la poveretta si potessi a pena assettare. Maraviglia'mi di tanta fretta che colui le faceva; e, considerando molto bene a ogni cosa, m'aveggo che il galantuomo aveva fatto assegnamento adosso alla fante, e però gli pareva mill'anni di levarsi la moglie dinanzi. Non vi dico se mi gonfiò lo stommaco vedendo che colui faceva sí poca stima della moglie giovane e bella, per andar dietro a una fante: e, s'io avessi potuto, l'arei confinato in una cucina a succiar broda e a leccare strofinacci, poi che n'è sí giotto; e starebbe, la state, molto bene a questi tali. Basta che poi si scusano con dire: « Ogni cosa è me' che moglie ». Mi partii di quivi, mezzo sdegnato con lui; e, giunto in un'altra casa, truovo la moglie e il marito che facevano un gran contendere insieme. Ella piangeva, e voleva pur venir alla veglia, e diceva al marito: – Se voi non volevi che io v'andassi, bisognava dirlo prima e non mi lassar promettere. Voi volete pure che ognuno sappia chi voi sete, che maladetto sia il punto e l'ora che io mi maritai! cosí poteva io farmi monaca, se non ho mai a avere un piacere come l'altre. – Ben, be', – rispondeva il marito geloso, – veglie, eh? veglie, eh? Se tu volessi bene al tuo marito, tu non ti cureresti d'andarvi. Tu non sai bene quel che si fa a queste veglie. Statti, statti in casa meco; e sarà molto meglio che andar notticon tutta notte. – Deh sí, lasciatemi andare – soggiugneva ella: – alle veglie si va una volta l'anno, e vaccene tante de l'altre: avete voi paura ch'io non sie mangiata? – Che belle parole! che vuol dir mangiata, cervellinuzza? – disse il geloso. – Oh! sta' costí, e non mi romper piú la testa. – Io messi mano a un legno, con animo di dargli venticinque bastonate per fargli uscire la gelosia del capo: ma pensai poi che fusse meglio lasciarne far la vendetta a lei, che, se sarà savia, com'io credo, lo farà esser geloso di qualcosa. E forse che ci mancano e' giovani sfaccendati, in questa città! E' gli farà il dovere al dappochello: gli è ben vero che la gelosia non vien da altro che da dappocaggine. Anda'mene in un altro luogo: e trovai che la padrona si aveva messo il brigante in casa e, per non venire alla veglia, dava ad intendere al marito che un suo bambino, o bambina che si fusse, si sentiva male; e, per farlo piangere, non restava di pizzicarlo, talché 'l poverino né con lusinghe né con altro si rachetava. Onde ella diceva: – Vedi, marito mio, io non voglio lasciare questo povero bambino a guardia di fante e non son per venire alla veglia altrimenti. Ma facciam cosí: vavvi tu, acciò che non paia che noi faccian poca stima di chi ci ha invitati. – Il buono uomo, per non sentir quel pianto tutta notte, e non sapendo come potessi giovare al figliuolo, si uscí di casa e dette campo franco alla moglie, piú aveduta e piú savia di lui. Parvemi d'entrar poi in una altra casa e trovare la padrona che si faceva affibbiar dalla fante e le diceva: – Uh, sciocca, dappocuza! ancor non sai tu affibbiare una vesta? Comínciati di sotto, in malora! – A cui la fante rispondeva: – E che noia dà, che importa cominciarsi di sotto o di sopra? Quando io affibbiava quell'altra mia padrona, io cominciava pur sempre di sopra. – Sai tu perché? – rispondeva la padrona: – perché ella ha troppe le puppe grosse, e cominciavasi di sopra per tirarsele in giú a poco a poco acciò non apparissino sí ritte. Ma io, perché son magra ed ho il petto piccolo, bisogna, se io non voglio parer fatta colla pialla, che mi cominci affibbiar di sotto, acciò che io abbia un poco di apparienzia e non paia una spigolista; ben sai! – Oh quanto mi risi di questa astuzia da donne! Trova'ne, doppo questa, un'altra, piú vana che una zucca secca, la quale si stava in una sua anticameretta dintorno allo specchio, con un paio di mollettine in mano, e davasi una riveduta solenne alle ciglia; e, poi che si fu pelata e spelata a suo modo, messe mano a un fiaschetto pieno d'una certa aqua sbiancata, che pareva latte marcio, e con essa si lavò molto bene il viso e la gola per infino al petto. Doppo, presa la pezzetta di levante, si dipinse un viso che pareva una mascara modanese: e, poi che si fu lisciata a suo modo, cominciò a mettersi tanti fiori in seno e agli urecchi che la pareva un maggio; e, guardandosi nello specchio e parendole che non campeggiassino a suo modo, forse dieci volte li levò e ripose, tanto che mi venne a noia e me ne partii senza voler vederne la fine. Entrai in piú di diece altre case: e sempre sempre trovai donne che si lisciavano; e alcuna ne viddi che era aiutata dal marito, molto piú vano di lei. – Diacin ne vadia, con tanto lisciarsi! – diceva io fra me medesimo: – può egli essere che queste meschine non si accorghino che, per voler parer piú belle, si fanno maschere e si guastan la vita ed invechiano dieci anni inanzi al tempo e diventano grinze e isdentate o vero co' denti sí sudici e lordi che sarebbe manco schifo a baciar loro... presso che io non dissi qualche mala parola... che baciar loro la bocca? Quante ne è qui che, cariche di panni e del mal che Dio die loro, stanno intirizzate come statue e non si possan muovere, scoppiano di caldo e di affanno, per parer belle! E pensan forse, queste tali, esser tenute piú belle che l'altre? Le s'ingannano, perché belle son tenute quelle che né poco né molto le lor persone procurano. – Mi deliberai di rompere quanti fiaschetti di liscio e quante ampolle io trovava: e, stendendo la mano cosí nel sonno, credendo pigliare un fiaschetto, presi un orinale, pien d'altro che d'aqua d'angioli, per trarlo nel muro; e a punto lo batteva nel capo a ser Giuliano che m'era a canto per svegliarmi; e vi so dire che io l'arei profumato di buona sorte, se a punto in su quello egli non mi avessi svegliato, per impormi vi dicessi quello che si vergogna a dir lui. E questo è che certi sua amici gli avevan promesso di aver in ordine per questa sera una bella commedia; e lui, fidandosi di loro, non si è curato vederla o udirla, credendo che la commedia fussi, se non buona in tutta perfezione, almeno ragionevole: ma stamane, ch'egli l'ha udita provare, conosce che invero la non è degna di voi, e gli duole in sino al cuore che voi siate qui, parendoli d'avervi fatto perdere l'aconciatura. Onde vi prega vi degnate averlo per iscusato, promettendovi che, la prima volta tornerete in casa sua, vi farà sentire una commedia d'un'altra sorte e piú bella e sanza comparazione piú piacevole. Ma mi pare vedere che gli arà una bazza, perché questi gentiluomini sono tanto intenti a contemprare le bellezze di voi altre donne che poco o niente della commedia si cureranno. Di grazia, nobilissime donne, se pensate di far cosa grata a lui e a chi l'ha a recitare, mostratevi loro piú del solito favorevoli e benigne, acciò che la commedia quel manco gl'infastidisca. Che dite? faretelo? Non bisogna storcere il viso: chi di voi non vuol far questo, o li paressi stare a disagio, se ne può ire a suo' posta, ché l'uscio è aperto. Fate largo, là! E chi resterà udirà la commedia che costoro hanno ordinato di fare, quale ella si sia, che forse vi farà ridere per la sua goffezza. Poco starà non so chi di loro a uscir fuora; e voi, donne, di grazia, spalancate bene il buco de l'urecchio vostro a ciò non ne perdiate una gocciola.

ARGUMENTO

Demetrio, cittadin di Modon, ebbe un figliolo maschio chiamato Lidio e una femmina chiamata Santilla, amendua d'un parto nati, tanto di forma e di presenzia simili che, dove il vestire la differenzia non facea, non era chi l'uno dall'altro cognoscere potessi. Il che credere dovete: perché, lassando molti esempli che adducere vi potremmo, bastar vi deve quel degli due di sangue e di virtú nobilissimi frategli romani Antonio e Valerio Porcari; sí consimili che, ogn'ora, da tutta Roma è preso l'uno per l'altro. Alli dua putti ritorno a' quali, già di anni sei, manca il padre. Li turchi prendeno e ardeno Modone uccidendo quanti trovano per la città. La nutrice loro e Fannio servo, per salvare Santilla, da maschio la vesteno e Lidio la chiamano, stimando il fratello da' turchi essere stato morto.

Di Modon parteno. Tra via, son presi e prigioni in Costantinopoli condotti. Perillo mercante fiorentino tutti a tre li riscatta, a Roma seco gli mena, in casa sua li tiene: ove dimorando lungo tempo, ottimamente lo abito, i costumi e 'l parlar pigliano. E, questo giorno, Perillo vuole dare la sua figliuola per moglie alla detta Santilla, da ciascuno Lidio chiamata e per maschio sempre creduta.

Lidio, il maschio, con Fessenio servo da Modon esce salvo; in Toscana e in Italia si conduce; ivi il vestire, il vivere e la lingua apprende. Essendo di anni diciassette in diciotto, a Roma viene, di Fulvia se innamora e, parimente da lei amato, piú volte, vestito da donna, seco a sollazzar si va. Dopo molti scambiamenti, Lidio e Santilla lietamente si riconoscano. Guardate or voi, aprendo ben l'occhio, a non scambiar l'un dall'altro. Però che io ve avvertisco che amendua d'una statura e d'una presenzia sono, amendua si chiamano Lidio, amendua ad un modo vestono, parlano, ridano, amendua sono oggi in Roma ed amendua or or qui comparir li vedrete. Né crediate però che, per negromanzia, sí presto da Roma venghino qui; per ciò che la terra che vedete qui è Roma. La quale già esser soleva sí ampla, sí spaziosa, sí grande che, trionfando, molte città e paesi e fiumi largamente in se stessa riceveva; ed ora è sí piccola diventata che, come vedete, agiatamente cape nella città vostra. Cosí va il mondo.

ATTO PRIMO

SCENA PRIMA

Fessenio solo.

FESSENIO Bene è vero che l'uomo mai un disegno non fa che la Fortuna un altro non ne faccia. Ecco, allor che noi pensavamo a Bologna quietarci, intese Lidio mio padrone Santilla sua sorella esser viva ed in Italia pervenuta. Onde, in un tratto, resuscitò in lui quello amore che gli portava, maggior che mai fratello a sorella portassi: perché, amendue de un parto nati, di volto, di persona, di parlare, di modi tanto simili gli fé Natura che a Modon, talor vestendosi Lidio da fanciulla e Santilla da maschio, non pur li forestieri, ma non essa madre, non la propria nutrice sapea discernere qual fusse Lidio o qual fusse Santilla; e come gli dei non gli ariano potuti fare piú simili, cosí parimente l'uno amava l'altro piú che se stesso. Però Lidio, che morta si pensava essere sua sorella, inteso lei essere salva, si messe ad investigare di lei. Ed a Roma pervenuti, sono già quattro mesi, cercando sua sorella, trovò Fulvia romana. Della quale fieramente accesosi, con Calandro suo marito misse me per servo per condurre a fine lo amoroso suo disio: come subito condussi con satisfazione di lei; perché ella, di lui grandemente ardendo, di bel mezzo giorno, ha piú volte fatto andare a sollazzarsi seco Lidio vestito da donna Santilla chiamandosi. Ma pure esso, temendo che tal fiamma non si scoprisse, si è, da molti giorni in qua, mostro negligentissimo di lei fingendo di qua partire volersi. Laonde Fulvia è ora in passione e in furia tale che quiete alcuna non trova: e ora ricorre a maliastre, ad incantatrici, a negromanti che ricuperare le faccino lo amante suo come se perduto l'avesse; e ora me e quando Samia sua serva, conscia di tutto, manda a lui con preghi, con doni e con promessa di dare per moglie al suo figliuolo Santilla, se mai avviene che la si trovi. E tutto fa in maniera che, se 'l marito non avesse piú della pecora che de l'uomo, già accorto se ne saria. E tutta la ruina caderia sopra me: per che mi bisogna bene sapere schermire. Io solo fo la impossibilità. Nessuno potette mai servire a due ed io servo a tre: al marito, alla moglie e al proprio mio padrone; in modo che io non ho mai uno riposo al mondo. Né per ciò mi dolgo, perché chi in questo mondo sempre si sta ha il viver morto. Se vero è che un bon servo non deve mai avere ozio, io pur tanto non ne ho che possa pure stuzzicarmi li orecchi. E, se niente mi mancava, un'altra amorosa pratica mi è pervenuta alle mani, la qual mille anni parmi di conferire con Lidio che di qua viene. Ed, oh! oh! oh!, seco è quel Momo di Polinico suo precettore. Apparso è il delfino; tempesta fia. Voglio un poco starmi cosí da parte e udire quel che ragionano.

SCENA SECONDA

Polinico precettore, Lidio padrone, Fessenio servo.

POLINICO Per certo, non mi saria mai caduto ne l'animo, Lidio, che tu a questo venissi; che, drieto andando a vani innamoramenti, sprezzatore de ogni virtú sei diventato. Ma di tutto do causa a quella bona creatura di Fessenio.

FESSENIO Per lo corpo...

LIDIO Non dir cosí, Polinico.

POLINICO Eh! Lidio, tutto so meglio che tu e che quel ribaldo del tuo servo.

FESSENIO A dispetto di... che io li...

POLINICO L'omo prudente pensa sempre quello li pò venire in contrario.

FESSENIO Eccoci su per le pedagogarie.

POLINICO Come questo vostro amore fia piú noto, oltre che in gran pericolo starai, tu sarai da tutti tenuto una bestia.

FESSENIO Pedagogo poltrone!

POLINICO Perché, chi non dileggia e non odia li vani e li leggeri? Come diventato sei tu che, forestiero, ti sei posto ad amare. E chi? Una delle piú nobil donne di questa città. Fuggi, dico, e' pericoli di questo amore.

LIDIO Polinico, io son giovane; e la giovinezza è tutta sottoposta ad Amore. Le gravi cose si convengano a' piú maturi. Io non posso volere se non quello che Amor vuole: e mi sforza ad amare questa nobil donna piú che me stesso. Il che, quando mai si risapessi, credo che io ne sarò da molti piú reputato; per ciò che come in una donna è grandissimo senno il guardarsi da l'amore di maggior omo che ella non è, cosí è gran valore nelli omini di amare donne di piú alto lignaggio che essi non sono.

FESSENIO Oh bella risposta!

POLINICO Questi son termini insegnatili da quel tristo di Fessenio per metterlo sú.

FESSENIO Tristo se' tu.

POLINICO Mi maravigliavo che tu non volassi a turbar l'opere bone.

FESSENIO Adonque io non turberò le tua.

POLINICO Nulla è peggio che vedere la vita de' savi dependere dal parlare de' matti.

FESSENIO Piú saviamente l'ho consigliato io sempre che tu fatto non hai.

POLINICO Non puole essere superiore di consigli chi è inferiore di costumi. Non te ho prima cognosciuto, Fessenio, perché non t'arei tanto laudato a Lidio.

FESSENIO Avevo forse bisogno di tuo favore io, ah?

POLINICO Conosco ora essere ben vero che, in laudare altrui, spesso resta l'omo ingannato; in biasmarlo, non mai.

FESSENIO Tu stesso mostri la vanità tua poi che laudavi chi non conoscevi. So io bene che, in parlare di te, non mi sono ingannato mai.

POLINICO Donque hai tu detto mal di me?

FESSENIO Tu stesso il di'.

POLINICO Pazienzia! Non intendo quistionar teco, ché saria uno gridare co' tuoni.

FESSENIO El fai perché non hai ragion meco.

POLINICO El fo per non usare altro che parole.

FESSENIO E che potresti tu mai farmi in cent'anni?

POLINICO El vederesti. E cosí, cosí...

FESSENIO Non stuzzicar, quando fumma el naso de l'orso.

POLINICO Deh! deh! Orsú! Non voglio con un servo...

LIDIO Orsú! Fessenio, non piú.

FESSENIO Non minacciare: ché, benché io sia vil servo, anco la mosca ha la sua collora; e non è sí picciol pelo che non abbi l'ombra sua, intendi?

LIDIO Taci, Fessenio.

POLINICO Lassami seguire con Lidio, se ti piace.

FESSENIO E dà del buon per la pace.

POLINICO Ascolta, Lidio. Sappi che Dio ci ha fatto due orecchi per udire assai.

FESSENIO Ed una sol bocca per parlar poco.

POLINICO Non parlo teco. Ogni mal fresco agevolmente si leva; ma poi, invecchiato, non mai. Levati, dico, da questo tuo amore.

LIDIO Perché?

POLINICO Non ve arai mai se non tormenti.

LIDIO Perché?

POLINICO Oimè! Non sai tu che i compagni d'amore sono ira, odii, inimicizie, discordie, ruine, povertà, suspezione, inquietudine, morbi perniziosi nelli animi de' mortali? Fuggi amor; fuggi.

LIDIO Oimè! Polinico, non posso.

POLINICO Perché?

FESSENIO Per mal che Dio ti dia.

LIDIO Alla potenzia sua ogni cosa è suggetta. E non è maggior dolcezza che acquistare quel che si desidera in amore, senza il quale non è cosa alcuna perfetta né virtuosa né gentile.

FESSENIO Non si può dir meglio.

POLINICO Non è maggior vizio in un servo che l'adulazione. E tu lui ascolti? Lidio mio, attendi a me.

FESSENIO Sí che gli è delicata robba!

POLINICO Amore è simile al foco che, postovi sopra zolfo o altra trista cosa, amorba l'omo.

LIDIO E, postovi incenso, aloe ed ambra, fa pure odore da resuscitare morti.

FESSENIO Ah! ah! Col laccio che fece resta preso Polinico.

POLINICO Ritorna, Lidio, alle cose laudabili.

FESSENIO Laudabile è accomodarsi al tempo.

POLINICO Laudabile è quel che è buono ed onesto. Te annunzio ci capiterai male.

FESSENIO El profeta ha parlato.

POLINICO Ricordoti che l'animo virtuoso non si muove per cupidità.

FESSENIO Né si leva per paura.

POLINICO Tu pur male fai. E sai che gli è grande arroganzia sprezzare i consigli de' savi.

FESSENIO Mentre che savio te intituli, matto ti battezzi perché tu pur sai che non è maggior pazzia che tentare quello che non può ottenersi.

POLINICO Egli è meglio perdere dicendo il vero che vincere con le bugie.

FESSENIO El vero dico io come tu. Ma non son già un messer tutto-biasma come sei tu; che, per quattro *cuius* che tu hai, sí savio esser ti pare che credi che ogni altro, da te in fuora, sia una bestia. E non sei però Salamone; né consideri che una cosa al vecchio, una al giovane, una ne' pericoli e una nel riposo si conviene. Tu, che vecchio sei, la vita tieni che a lui ricordi. Lidio, che giovane è, lassa che le cose faccia da giovane. E tu al tempo ed a quel che piace a Lidio te accomoda.

POLINICO Egli è ben vero che un padrone quanti ha piú servi tanti piú ha inimici. Costui ti conduce alle forche. E, quando mai altro mal non te ne avvenga, ne arai sempre tu rimordimento ne l'animo perché e' non è supplizio piú grave che la conscienzia delli errori commessi. E però lassa costei, Lidio.

LIDIO Tanto lassar posso io costei quanto il corpo l'ombra.

POLINICO Anzi, meglio faresti tu ad odiarla che a lassarla.

FESSENIO Oh! oh! oh! Non puole il vitello e vuol che porti el bue!

POLINICO Ella lasserà ben presto te, come da altri fia ricercata; ché le femine sono mutabili.

LIDIO Oh! oh! oh! Non sono tutte d'un fatta.

POLINICO Non son già d'una apparienzia; ma sono ben tutte d'una natura.

LIDIO Gran fallacia pigli.

POLINICO O Lidio, leva el lume, che i volti veder non si possino, non è una differenzia al mondo da l'una all'altra. E sappi che a donna non si può credere, *etiam* poi che è morta.

FESSENIO Costui fa meglio che or or non li ricordava.

POLINICO Che?

FESSENIO Te accommodi benissimo al tempo.

POLINICO Anzi, dico bene il vero a Lidio.

FESSENIO Piú sú sta mona luna!

POLINICO In fine, che vuo' tu inferire?

FESSENIO Voglio inferire che tu ti accommodi al viver d'oggi.

POLINICO In che modo?

FESSENIO Allo essere inimico delle donne, come è quasi ognuno in questa corte. E però ne dici male. E iniquamente fai.

LIDIO Dice il vero Fessenio, perché laudar non si può quel che tu hai detto di loro: per ciò che sono quanto refrigerio e quanto bene ha il mondo e sanza le quali noi siamo disutili, inetti, duri e simili alle bestie.

FESSENIO Che bisogna dir tanto? Non sappiam noi che le donne sono sí degne che oggi non è alcuno che non le vadi imitando e che volentieri, con l'animo e col corpo, femina non diventi?

POLINICO Altra risposta non voglio darvi.

FESSENIO Altro in contrario dir non sai.

POLINICO Ricordo a te, Lidio, che gli è sempre da tòr via l'occasione del male e di nuovo ti conforto che tu voglia, per tuo bene, levarti da questi vani innamoramenti.

LIDIO Polinico, e' non è cosa al mondo che manco riceva il consiglio o la operazione in contrario che lo amore; la cui natura è tale che piú tosto per se stesso consumar si può che per gli altrui ricordi tòrsi via. E però, se pensi levarmi dallo amore di costei, tu cerchi abracciar l'ombra e pigliare il vento con le reti.

POLINICO E questo ben mi pesa: perché, dove esser solevi piú trattabile che cera, or piú ruvido mi pari che la piú alta rovere che si trovi. E sai tu come ell'è? Io ne lasserò il pensiero a te. E sappi che tu ci capiterai male.

LIDIO Io nol credo. E se pur ciò fia, non m'hai tu nelle tue lezioni mostro che è gran laude morire in amore e che bel fin fa chi bene amando more?

POLINICO Orsú! Fa pure a tuo modo e di questa bestia qui. Presto presto potresti cognoscere con tuo danno li effetti d'amore.

FESSENIO Fermati, o Polinico. Sai tu che effetti fa amore?

POLINICO Che? bestia!

FESSENIO Quelli del tartufo, che a' giovani fa rizzar la ventura e a' vecchi tirar coregge.

LIDIO Ah! ah! ah!

POLINICO Eh! Lidio, tu te ne ridi e sprezzi le parole mie? Piú non te ne parlo; e di te a te lasso il pensiero; e me ne vo.

FESSENIO Col mal anno. Hai tu visto come e' finge il buono? Come se noi non cognoscessimo questo ipocrito poltrone! che ci ha tutti turbati in modo che io né narrare né tu ascoltar potremo certa bella cosa di Calandro.

LIDIO Dí, dí; ché con questa dolcezza leverem l'amaritudine che ci ha lassata Polinico.

SCENA TERZA

Lidio, Fessenio servo.

LIDIO Or parla.

FESSENIO Calandro, marito di Fulvia tua amorosa e padrone mio posticcio, che castrone è e tu becco fai, mentre che tu, li dí passati, da donna vestito, Santilla chiamatoti, andato da Fulvia e tornato sei, credendo che tu donna sia, si è forte di te invaghito e pregatomi che io faccia sí che egli ottenga questa sua amorosa: la qual sei tu. Io ho finto averci fatta grande opera; gli ho data speranza di condurla, ancor oggi, alle voglie sue.

LIDIO Questa è ben cosa da ridere. Ah! ah! ah! Ed or mi ricordo che, l'altro dí, tornando io da Fulvia in abito di donna, mi venne drieto un pezzo; ma non pensai che fusse per innamoramento. Si vuol mandarla innanzi.

FESSENIO Ti servirò bene: lassa fare a me. Gli mostrerò di novo aver fatti miraculi per lui; e sta sicuro, Lidio, che egli piú crederrà a me che io non dirò a lui. Gli do spesso ad intendere le piú scempie cose del mondo per ciò che gli è il piú sufficiente lavaceci che tu vedessi mai. Potrei mille sua castronarie raccontarti; ma, acciò che io non vada ogni particularità narrandoti, egli ha in sé sí profonde sciocchezze che, se una sola di quelle fusse in Salamone, in Aristotele o in Seneca, averebben forza di guastare ogni lor senno, ogni lor sapienzia. E quello che sommamente mi fa ridere delli fatti suoi è che gli pare essere sí bello e sí piacevole che e' s'avisa che quante lo vedeno subito se innamorino di lui, come se altro piú bel fante di lui non si trovasse in questa terra. In fine, come il vulgo usa dire, se mangiasse fieno, sarebbe un bue; perché poco meglio è che Martino da Amelia o Giovan Manente. Onde facil ci fia, in questo suo amorazzo, condurlo a quel che noi piú vorremo.

LIDIO Ah! ah! ah! Io sono per morir delle risa. Ma dimmi: credendo esso che io sia femina, e maschio essendo, quando esso fia da me, come anderà la cosa?

FESSENIO Lassa pur questa cura a me, ché tutto ben si condurrà. Ma oh! oh! oh! Vedilo là. Va via, ché teco non mi veda.

SCENA QUARTA

Calandro, Fessenio servo.

CALANDRO Fessenio!

FESSENIO Chi mi chiama? Oh padrone!

CALANDRO Or be', dimmi: che è di Santilla mia?

FESSENIO Di' tu quel che è di Santilla?

CALANDRO Sí.

FESSENIO Non lo so bene. Pur io credo che di Santilla sia quella veste, la camicia che l'ha indosso, el grembiule, i guanti e le pianelle ancora.

CALANDRO Che pianelle? che guanti? Imbriaco! Ti domandai, non di quello che è suo, ma come la stava.

FESSENIO Ah! ah! ah! Come la stava vuoi saper tu?

CALANDRO Messer sí.

FESSENIO Quando poco fa la vidi, ella stava... aspetta! a sedere con la mano al volto; e, parlando io di te, intenta ascoltandomi, teneva gli occhi e la bocca aperta, con un poco di quella sua linguetta fuora, cosí.

CALANDRO Tu m'hai risposto tanto a proposito quanto voglio. Ma lassiamo ire. Donque l'ascolta volentieri, eh?

FESSENIO Come « ascolta »? Io l'ho già acconcia in modo che fra poche ore tu arai lo attento tuo. Vuoi altro?

CALANDRO Fessenio mio, buon per te.

FESSENIO Cosí spero.

CALANDRO Certo. Fessenio, aiutami; ch'io sto male.

FESSENIO Oimè, padrone! Hai la febbre? Mostra.

CALANDRO No. Oh! oh! Che febbre? Bufalo! Dico che Santilla m'ha concio male.

FESSENIO T'ha battuto?

CALANDRO Oh! oh! oh! Tu se' grosso! Dico ch'ella m'ha inamorato forte.

FESSENIO Be', presto sarai da lei.

CALANDRO Andiamo dunque da lei.

FESSENIO Ci sono ancora di mali passi.

CALANDRO Non ci perder tempo.

FESSENIO Non dormirò.

CALANDRO Fallo.

FESSENIO El vedrai: ché or ora sarò qui con la risposta. Addio. Guarda lo gentile innamorato! Bel caso! Ah! ah! ah! D'un medesimo amante son morti la moglie e il marito. Oh! oh! oh! Vedi Samia serva di Fulvia che esce di casa. Alterata parmi; trama c'è. Ed essa sa il tutto. Da lei saperrò quel che in casa si fa.

SCENA QUINTA

Fessenio servo, Samia serva.

FESSENIO Samia! o Samia! Aspetta, Samia.

SAMIA Oh! oh! Fessenio!

FESSENIO Che si fa in casa?

SAMIA A fé, non bene per la padrona.

FESSENIO Che c'è?

SAMIA La sta fresca.

FESSENIO Che ha?

SAMIA Non mel far dire.

FESSENIO Che?

SAMIA Troppa...

FESSENIO Troppa che?

SAMIA ... rabbia di...

FESSENIO Rabbia di che?

SAMIA ... trastullarsi con Lidio suo. Ha'lo inteso mò?

FESSENIO Oh! Questo sapevo io come tu.

SAMIA Tu non sai già un'altra cosa.

FESSENIO Che?

SAMIA Che la mi manda a uno che farà fare a Lidio ciò che la vuole.

FESSENIO In che modo?

SAMIA Per via di canti.

FESSENIO Di canti?

SAMIA Messer sí.

FESSENIO E chi sarà questo musico?

SAMIA Che vuoi tu fare di musico? Dico che vo a uno che lo farà amare, se crepasse.

FESSENIO Chi è costui?

SAMIA Ruffo negromante, che fa ciò che vuole.

FESSENIO Come cosí?

SAMIA Ha uno spirito favellario.

FESSENIO Familiare, vuoi dir tu.

SAMIA Non so ben dir queste parole. Basta che ben saprò dirgli che venga a madonna. Fatti con Dio. Vedi, olà! non ne parlare.

FESSENIO Non dubitare. Addio.

SCENA SESTA

Samia serva, Ruffo negromante.

SAMIA Egli è ancor sí buon'ora che Ruffo non sarà ancor tornato a desinare. Meglio è guardare se in piazza fusse. Ed oh! oh! oh! ventura! Vedilo che va in là. O Ruffo! o Ruffo! Non odi, Ruffo!

RUFFO Io pur mi volto né vedo chi mi chiama.

SAMIA Aspetta!

RUFFO Chi è costei?

SAMIA M'hai fatta tutta sudare.

RUFFO Be', che vuoi?

SAMIA La padrona mia ti prega che or ora tu vadi da lei.

RUFFO Chi è la padrona tua?

SAMIA Fulvia.
RUFFO Donna di Calandro?
SAMIA Quella, sí.
RUFFO Che vuol da me?
SAMIA Ella tel dirà.
RUFFO Non sta là su la piazza?
SAMIA Ci son due passi. Andianne.
RUFFO Vattene innanzi ed io drieto a te ne vengo. Sarebbe mai costei nel numero dell'altre scempie a credere che io sia negromante e abbia quello spirito che molte sciocche dicano? Non posso errare ad intendere quel che la vuole. Ed in casa sua me n'entro prima che qui arrivi colui che in qua viene.

SCENA SETTIMA

Fessenio servo, Calandro.

FESSENIO Or vedo ben che ancor li dei hanno, come li mortali, del buffone. Ecco, Amore, che suole inviscare solo i cori gentili, s'è in Calandro pecora posto, che da lui non si parte; che ben mostra Cupido aver poca faccenda poi che entra in sí egregio babuasso. Ma il fa perché costui sia tra gli amanti come l'asino tra le scimie. E forse che non l'ha messo in bone mane? Ma la piuma è cascata nella pania.
CALANDRO O Fessenio! Fessenio!
FESSENIO Chi mi chiama? Oh padrone!
CALANDRO Hai tu vista Santilla?
FESSENIO Ho.
CALANDRO Che te ne pare?
FESSENIO Tu hai gusto. In fine, io credo che 'l fatto suo sia la piú sollazzevol cosa che si trovi in Maremma. Fa ogni cosa per ottenerla.
CALANDRO Io l'arò, se io dovessi andar nudo e scalzo.
FESSENIO Imparate, amanti, questi bei detti.

CALANDRO Se io l'ho mai, tutta me la mangerò.

FESSENIO Mangiare? Ah! ah! Calandro, pietà di lei. Le fiere l'altre fiere mangiano; non gli omini le donne. Egli è ben vero che la donna si beve, non si mangia.

CALANDRO Come! si beve?

FESSENIO Si beve, sí.

CALANDRO O in che modo?

FESSENIO Nol sai?

CALANDRO Non certo.

FESSENIO Oh! Gran peccato che un tanto omo non sappi bere le donne!

CALANDRO Deh! insegnami.

FESSENIO Dirotti. Quando la baci, non la succi tu?

CALANDRO Sí.

FESSENIO E quando si beve, non si succia?

CALANDRO Sí.

FESSENIO Be'! Allora che, basciando, succi una donna, tu te la bevi.

CALANDRO Parmi che sia cosí. Madesine! Ma pure io non mi ho mai beuto Fulvia mia; e pure baciata l'ho mille volte.

FESSENIO Oh! oh! oh! Tu non l'hai bevuta perché ancora essa ha baciato te e tanto di te ha succiato quanto tu di lei: per il che tu beuto lei non hai né ella te.

CALANDRO Or vedo ben, Fessenio, che tu sei piú dotto che Orlando, perché per certo cosí è; ché io non baciai mai lei che ella non baciassi me.

FESSENIO Oh! vedi tu se io il vero te dico?

CALANDRO Ma dimmi: una spagnuola, che sempre mi baciava le mani, perché se le voleva ella bere?

FESSENIO Bel secreto! Le spagnuole bacian le mani, non per amore che le ti portino né per bersi le mani, no; ma per succiarsi li anelli che si portano in dito.

CALANDRO O Fessenio, Fessenio, tu sai piú secreti delle donne...

FESSENIO Massime quelli della tua.

CALANDRO ... che un architetto.

FESSENIO To' là! Architetto, ah?

CALANDRO Due anelli mi bevve quella spagnuola. Or io fo ben voto a Dio che io m'arò ben l'occhio di non esser beuto.

FESSENIO E tu savio.

CALANDRO Nissuna mi bacerà già mai che lei non baci.

FESSENIO Calandro, abbivi avvertenza; perché, se una ti bevesse il naso, una gota o un occhio, tu resteresti il piú brutto omo del mondo.

CALANDRO Ci arò ben cura. Ma fa pur che io abbi in braccio Santilla mia.

FESSENIO Lassa fare a me. Voglio ire ad ultimare in un tratto la cosa.

CALANDRO Cosí fa. Ma presto.

FESSENIO Non ho se none andar là; da qua ad un poco, tornerò a te con la conclusione.

SCENA OTTAVA

Ruffo solo.

RUFFO Non deve l'omo mai disperarsi perché spesso vengano le venture quando altri non l'aspetta. Costei, come io pensai, crede che io abbi uno spirito. Ed, essendo fieramente d'un giovane accesa ed altro rimedio non giovandoli, al mio ricorre, pregandomi che io lo stringa andare da lei, di giorno, in forma di donna, promettendomi denari assai se io ne la contento: che credo di sí, per ciò che lo amante è un Lidio greco, amico e cognoscente mio per essere d'un medesimo paese che sono io; ed è anco mio amico Fannio suo servo. Però spero condurre la cosa in paro. A costei non ho promessa cosa certa, se prima con questo Lidio non parlo. La ventura ci piove in grembo, se ella fia presa da Lidio come da me. Orsú! A casa di Perillo mercante fiorentino, ove sta Lidio, me ne vo; ed, essendo ora di pranzo, forse in casa il troverrò.

ATTO SECONDO

SCENA PRIMA

Lidio femina, Fannio servo e la Nutrice.

LIDIO FEMINA Assai è manifesto quanto sia miglior la fortuna degli uomini che quella delle donne. Ed io piú che l'altre l'ho per prova cognosciuto: per ciò che, da quel giorno in qua che Modon nostra patria fu arsa da' turchi, avendo sempre io vestito da maschio e Lidio chiamatomi (che cosí nome avea el mio suavissimo fratello), credendosi sempre ognun che io maschio sia, ho trovato venture tali che ben ne son stati li fatti nostri; ove che, se io nel vestire e nel nome mi fussi mostro essere donna, come sono in fatto, né il turco di cui eravamo schiavi ce aria venduti né forse Perillo riscossici, se saputo avesse che io femina fusse, onde in miserabil servitú sempre ci conveniva stare. Ed io or vi dico che, quando fussi maschio come son femina, sempre in tranquillo stato ci viveremmo: per ciò che, credendosi Perillo, come sapete, che io maschio sia, e fidelissimo nelli affari suoi avendomi trovato sempre, me ama tanto che vuol darmi per moglie Verginia unica figliuola sua e di tutti gli beni suoi farla erede. E, dicendomi el nipote che Perillo vuol, doman o l'altro, io la sposi, per conferire la cosa con voi, mia nutrice, e teco, Fannio mio servo, fuora di casa me ne sono venuta; e piena di tanto travaglio quanto io ben sento e voi pensar potete. E non so se...

FANNIO Taci, oimè! taci; a fin che costei, che afflitta verso noi viene, non attinga quel che parliamo.

SCENA SECONDA

Samia serva, Lidio femina, Fannio.

SAMIA Te so dir che l'ha ne l'ossa! Dice aver visto Lidio suo dalle finestre e mandami a favellarli. Tirandol da parte, li parlerò. Bona vita, messer.

LIDIO FEMINA Ben venga.

SAMIA Due parole.

LIDIO FEMINA Chi sei tu?

SAMIA Mi domandi chi sono?

LIDIO FEMINA Cerco quel ch'io non so.

SAMIA El saperrai ora.

LIDIO FEMINA Che vuoi?

SAMIA La padrona mia ti prega che tu voglia amarla come lei fa te e, quando ti piaccia, venire da lei.

LIDIO FEMINA Non intendo. Chi è la padrona tua?

SAMIA Eh! Lidio, tu vuoi straziarmi, sí?

LIDIO FEMINA Straziar vuoi tu me.

SAMIA Laudato sia Dio poi che tu non sai chi è Fulvia né me conosci. Orsú! sú! Che vuo' tu che io le dica?

LIDIO FEMINA Buona donna, se altro non mi di', altro non te rispondo.

SAMIA Fingi non intendere, eh?

LIDIO FEMINA Io non te intendo né ti conosco e manco d'intenderti e conoscerti mi curo. Va in pace.

SAMIA Discretamente fai, certo. Alla croce di Dio, che io glie ne dirò bene.

LIDIO FEMINA Dilli ciò che tu vuoi, pur che dinanzi mi ti levi in la tua mal'ora e sua.

SAMIA Va pur là. Ci starai se crepassi, greco taccagno, ché la mi manda al negromante. Ma, se cosí risponde lo spirito, trionfa Fulvia.

LIDIO FEMINA Misera e trista la fortuna di noi donne! E queste cose inanzi mi si parano perché io tanto piú cognosca e pianga il danno del mio esser donna.

FANNIO Io arei pure voluto intendere il tutto da costei; ché nocer non potea.

LIDIO FEMINA La cura piú grave tutte l'altre scaccia. Pur, se piú mi parlasse, piú grato me le mostrerrei.

FANNIO Io cognosco costei.

LIDIO FEMINA Chi è?

FANNIO Samia serva di Fulvia gentildonna romana.

LIDIO FEMINA Oh! oh! oh! Anch'io la cognosco, ora. Pazienzia! Ella ben nominò Fulvia.

SCENA TERZA

Lidio femina, Fannio servo, Ruffo negromante.

RUFFO Oh! oh! oh!

LIDIO FEMINA Che voce è quella?

RUFFO Vi sono andato cercando un pezzo.

FANNIO Addio, Ruffo. Che c'è?

RUFFO Buono.

FANNIO Che?

RUFFO Or lo saperrete.

LIDIO FEMINA Aspetta, Ruffo. Odi, Tiresia. A casa te ne va e vedi quel che fa Perillo nostro padrone circa al fatto di queste nozze mie; e, quando verrà là Fannio, mandami per lui a raguagliare quello che vi si fa perché intendo oggi non lassarmi trovare per vedere se in me verificar si potesse quel che il vulgo dice: « Chi ha tempo ha vita ». Va via. Or dí tu, Ruffo, quel buon che ci porti.

RUFFO Benché novellamente vi cognoschi, pur molto vi amo, sendo tutti d'un paese; e li cieli occasion ce danno che insieme ce intendiamo.

LIDIO FEMINA Certo, da noi amato sei e teco sempre ce intenderemo volentieri. Ma che ce di' tu?

RUFFO Dirò brevemente. Udite. Una donna, di te, Lidio, innamorata, cerca che tu suo sia come ella è tua e dice che, non giovandoli altro mezzo, al mio ricorre. E la causa per che essa de l'opera mia mi richiede è perché, buttando de figure e punti e avendo pure ben la chiromanzia, tra le donne, che credule sono, ho fama d'essere un nobil negromante; e tengan per certo che io abbia uno spirito col quale elle s'avvisano che io faccia e disfaccia ciò che voglio. Il che io volentieri consento per ciò che spesso grandissimo utile e talor di belli piaceri con queste semplicette ne traggo: come si farà ora con costei, se savio sarai; però ch'ella vuole che io ti costringa andar da lei ed io, pensando teco intendermi, glie n'ho data qualche speranza. Se tu or vorrai, ricchi insieme diventeremo e tu di lei diletto trar potrai.

LIDIO FEMINA Ruffo, in queste cose assai fraude intendo si fanno ed io, inesperto, facilmente potria esserci gabbato. Ma, fidandomi di te che sei il mezzano, non me ne discosterò allora che delibererò di farlo. Ci penseremo Fannio ed io. Ma dimmi: chi è costei?

RUFFO Una detta Fulvia, ricca, nobile e bella.

FANNIO Oh! oh! oh! La padrona di colei che or ora ti parlò.

LIDIO FEMINA Vero dici.

RUFFO Come! La serva sua t'ha parlato?

LIDIO FEMINA Or ora.

RUFFO E che le rispondesti?

LIDIO FEMINA Me la levai dinanzi con villane parole.

RUFFO Non fu fuor di proposito. Ma, se piú ti parla, mostratele piú piacevole, se alla cosa attender vorremo.

LIDIO FEMINA Cosí si farà

FANNIO Dimmi, Ruffo: quando aría Lidio ad esser con lei?

RUFFO Quanto piú presto, meglio.

FANNIO A che ora?

RUFFO Di giorno.

LIDIO FEMINA Oh! io saria visto.

RUFFO Vero. Ma la vole che lo spirito ti costringa andarvi in forma di donna.

FANNIO E che vuol far di lui, se la pensa lo spirito lo converta in donna?

RUFFO Penso volessi dire in abito, non in forma di donna. Pur ella cosí disse.

LIDIO FEMINA È bella trama: hai tu notato, Fannio?

FANNIO Benissimo. E piacemi assai.
RUFFO Be', volete darli effetto?
LIDIO FEMINA Da qua ad un poco te ne diremo l'animo nostro.
RUFFO Ove ci troverremo?
FANNIO Qui.
LIDIO FEMINA E chi prima arriva l'altro aspetti.
RUFFO Ben di'. Addio.

SCENA QUARTA

Fannio servo, Lidio femina.

FANNIO Li cieli ci porgono occasione conforme al pensier tuo di non te lassare trovare oggi, con ciò sia che, andando tu da costei, Iove non ti troverrebbe. Ed oltra di questo, scoprendola tu puttana, spesso da lei beccherai danari per pagarti il silenzio tuo a non parlarne. Oltra questo, è cosa da crepar delle risa. Tu donna sei; ella in forma di donna te adomanda; da lei anderai. Al provar quel che cerca, troverrà quel che non vuole.
LIDIO FEMINA Vogliam farlo?
FANNIO Per altro nol dico.
LIDIO FEMINA Be'. Va a casa, intendi quel che vi si fa e trova li panni per vestirci. E me troverrai nella bottega di Franzino e risolveremo Ruffo al sí.
FANNIO Levati ancor tu di qui, perché colui che là appare esser potria uno che Perillo mandasse per te.
LIDIO FEMINA Non è de' nostri. Pur tu hai ben detto.

SCENA QUINTA

Fessenio servo, Fulvia.

FESSENIO Voglio andare un poco da Fulvia, ché comparita su l'uscio la vedo, e mostrarle che Lidio vuol partirsi per vedere come se ne risente.

FULVIA Ben venga, Fessenio caro. Dimmi: che è di Lidio mio?

FESSENIO Non mi pare quel desso.

FULVIA Eimè! Dí sú: che ha?

FESSENIO Sta pure in fantasia di partirsi per cercare Santilla sua sorella.

FULVIA Eh lassa a me! Vuol partirsi?

FESSENIO Ve è volto, in fine.

FULVIA Fessenio mio, se tu vuoi l'util tuo, se tu ami il ben di Lidio, se tu stimi la salute mia, trovalo, persuadilo, pregalo, stringilo, suplicalo che per questo non si parta, perché io farò per tutta Italia cercar di lei; e, se avvien che si ritrovi, da mò, Fessenio mio, come t'ho detto altre fiate, li do la fede mia che io la darò per moglie a Flaminio mio unico figliuolo.

FESSENIO Vuoi che cosí gli prometta?

FULVIA Cosí ti giuro e cosí mi obligo.

FESSENIO Son certo che volentieri l'udirà perché è cosa da piacergli.

FULVIA Spacciata sono, se tu con lui non mi aiuti. Pregalo che salvi questa vita che è sua.

FESSENIO Farò quanto mi commetti; e per servirti vo a trovarlo a casa ove ora si trova.

FULVIA Non men farai per te, Fessenio mio, che per me. Addio.

FESSENIO Costei sta come pò; e, per Dio, ormai è d'aver compassione di lei. Fia bene che Lidio oggi, da donna vestito, come suole, venga da lei. E cosí farà perché non meno lo desidera che costei. Ma far prima bisogna la cosa di Calandro. Ed eccolo che già torna. Dirogli avere ultimato il fatto suo.

SCENA SESTA

Fessenio servo, Calandro.

FESSENIO Salve, padron, che ben salvo sei da che la salute ti porto. Dammi la mano.

CALANDRO La mano e i piedi.

FESSENIO Parti che i pronti detti gli sdrucciolino di bocca?

CALANDRO Che c'è?

FESSENIO Che, ah! El mondo è tuo; felice sei.

CALANDRO Che mi porti?

FESSENIO Santilla tua ti porto, che piú te ama che tu non ami lei e di esser teco piú brama che tu non brami; perché gli ho detto quanto tu se' liberale, bello e savio. Uh! uh! uh! Tal che la vuol, in fine, ciò che tu vuoi. Odi, padrone. Ella non sentí prima nominarti che io la viddi tutta accesa de l'amor tuo. Or sarai ben, tu, felice.

CALANDRO Tu di' il vero. E' mi par mille anni succiar quelle labra vermigliuzze e quelle gote vino e ricotta.

FESSENIO Buono! Volse dir sangue e latte.

CALANDRO Ahi, Fessenio! Imperator ti faccio.

FESSENIO Con che grazia l'amico accatta grazia!

CALANDRO Or andianne da lei.

FESSENIO Come da lei? E che? pensi tu ch'ella sia di bordello? Andar vi ti bisogna con ordine.

CALANDRO E come vi si anderà?

FESSENIO Coi piedi.

CALANDRO So bene. Ma dico: in che modo?

FESSENIO Hai a sapere che, se tu palesemente vi andasse, saresti visto. E però sono rimasto con lei, perché tu scoperto non sia e perché ella vituperata non resti, che tu in un forziero entri e, portato in camera sua, insieme quel piacere prendiate che vorrete tutti a due.

CALANDRO Vedi che io non v'andrò coi piedi come dicevi.

FESSENIO Ah! ah! ah! accorto amante! Tu di' il vero, in fine.

CALANDRO Non durerò fatica, non è vero, Fessenio?

FESSENIO Non, moccicon mio, no.

CALANDRO Dimmi: il forziero sarà sí grande che io possa entrarvi tutto?

FESSENIO Mò che importa questo? Se non vi entrerai intero, ti farem di pezzi.

CALANDRO Come di pezzi?

FESSENIO Di pezzi, sí!

CALANDRO Oh! come?

FESSENIO Benissimo.

CALANDRO Dí.

FESSENIO Nol sai?

CALANDRO Non, per questa croce.

FESSENIO Se tu avesse navigato, il saperresti: perché aresti visto spesso che, volendo mettere in una piccola barca le centinara delle persone, non vi enterriano se non si scommettesse a chi le mani, a chi le braccia e a chi le gambe secondo il bisogno; e, cosí stivate, come l'altre mercanzie, a suolo a suolo, si acconciano sí che tengano poco loco.

CALANDRO E poi?

FESSENIO Poi, arrivati in porto, chi vuol si piglia e rinchiava il membro suo. E spesso anco avviene che, per inavvertenzia o per malizia, l'uno piglia el membro dell'altro e sel mette ove piú gli piace; e talvolta non gli torna bene perché toglie un membro piú grosso che non gli bisogna o una gamba piú corta della sua, onde ne diventa poi zoppo o sproporzionato, intendi?

CALANDRO Sí, certo. In buona fé, mi guarderò ben io che non mi sia nel forziero scambiato il membro mio.

FESSENIO Se tu a te medesimo non lo scambi, altro certo non te lo scambierà, andando tu solo in nel forziero: nel quale quando tu intero non cappia, dico che, come quelli che vanno in nave, ti potremo scommettere almen le gambe; con ciò sia che, avendo tu ad essere portato, tu non hai adoprarle.

CALANDRO E dove si scommette l'omo?

FESSENIO In tutti e' luoghi ove tu vedi svolgersi: come qui, qui, qui, qui... Vuo' lo sapere?

CALANDRO Te ne prego.

FESSENIO Tel mosterrò in un tratto, perché è facil cosa e si fa con un poco d'incanto. Dirai come dico io; ma in voce summissa, per ciò che, come tu punto gridasse, tutto si guasteria.

CALANDRO Non dubitare.

FESSENIO Proviamo, per ora, alla mano. Dà qua. E dí cosí: Ambracullac.

CALANDRO Anculabrac.

FESSENIO Tu hai fallito. Dí cosí: Ambracullac.

CALANDRO Alabracuc.

FESSENIO Peggio! Ambracullac.

CALANDRO Alucambrac.

FESSENIO Oimè! oimè! Or dí cosí: Am...

CALANDRO Am...

FESSENIO ... bra...

CALANDRO ... bra...

FESSENIO ... cul...

CALANDRO ... cul...

FESSENIO ... lac...

CALANDRO ... lac...

FESSENIO Bu...

CALANDRO Bu...

FESSENIO fo...

CALANDRO ... fo...

FESSENIO ... la...

CALANDRO ... la...

FESSENIO ... ccio...

CALANDRO ... ccio...

FESSENIO ... or...

CALANDRO ... or...

FESSENIO ... te la...

CALANDRO ... te la...

FESSENIO ... do.

CALANDRO Oh! oh! oh! ohi! ohi! oimè!

FESSENIO Tu guasteresti il mondo. Oh che maladetta sia tanta smemorataggine e sí poca pazienzia! Ma, potta del cielo, non ti dissi pure ora che tu non dovevi gridare? Hai guasto lo 'ncanto.

CALANDRO El braccio hai tu guasto a me.
FESSENIO Non ti puoi piú scommetter, sai?
CALANDRO Come farò, dunque?
FESSENIO Torrò, in fine, forziero sí grande che vi entrerai intero.
CALANDRO Oh! cosí sí. Va e trovalo in modo che io non mi abbia a scommettere, per l'amor di Dio! perché questo braccio m'amazza.
FESSENIO Cosí farò in un tratto.
CALANDRO Io anderò in mercato, e tornerò qui subito.
FESSENIO Ben di'. Addio. Sarà or ben ch'i' trovi Lidio e seco ordini questa cosa della quale ci fia da ridere tutto questo anno. Or vo via sanza parlare altrimenti a Samia che là su l'uscio veggo borbottare da sé.

SCENA SETTIMA

Samia serva, Fulvia.

SAMIA Come va il mondo! Non è ancora un mese passato che Lidio, della mia padrona ardendo, voleva ad ogni ora esser seco; e poi che vidde lei bene accesa di lui, la stima quanto il fango. E, se a questa cosa remedio non si pone, certo Fulvia ci farà drento error di sorte che tutta la città ne sarà piena. E ho fantasia che li fratelli di Calandro, fin da mò, alcuna cosa non abbino spiato, perché altro non stima, altro non pensa e d'altro non ragiona che di Lidio. Bene è vero che chi ha amore in seno sempre ha li sproni al fianco. Or voglia il cielo che a bene ne esca.
FULVIA Samia!
SAMIA Odila che di sopra mi chiama. Arà dalle finestre visto Lidio, ché là lo vedo parlare con non so chi. O forse vorrà rimandarmi a Ruffo.
FULVIA Saaamia!
SAMIA Veeengo.

SCENA OTTAVA

Lidio femina, Fannio servo.

LIDIO FEMINA Cosí t'ha detto Tiresia?

FANNIO Sí.

LIDIO FEMINA E del parentado mio come di cosa conclusa si parla in casa?

FANNIO Cosí sta.

LIDIO FEMINA E Virginia ne è lieta?

FANNIO Non cape in sé.

LIDIO FEMINA E si preparano le nozze?

FANNIO Tutta la casa è in faccende.

LIDIO FEMINA E credeno che io ne sia contenta?

FANNIO Lo tengano per fermo.

LIDIO FEMINA Oh infelice Santilla! Quel che ad altri giova solo a me nuoce. Le amorevolezze di Perillo e della moglie verso me mi sono acutissimi strali per non poter fare el desiderio loro né quel che sarebbe il ben mio. Deh! me avesse Dio dato per luce tenebre, per vita morte e per cuna sepultura allor che io del materno ventre uscii; da che, in quel punto che io nacqui, morir dovea la ventura mia. Oh sanza fin beato, fratello dulcissimo, se, come io credo, nella patria morto restasti! Or che farò io, meschina Santilla? ché cosí omai chiamar mi posso, e non piú Lidio. Femina sono, e conviemmi esser marito! Se io sposo costei, subito cognoscerà che io femina e non maschio sono; e, da me scornati, el padre e la madre e la figlia porriano farmi uccidere. Negar di sposarla non posso; e, se pur niego di farlo, sdegnati, a casa maladetta me ne manderanno. Se paleso esser femina, io medesima a me stessa fo il danno. Tener cosí la cosa piú non posso. Misera a me! ché, da uno lato, ho il precipizio; da l'altro, e' lupi.

FANNIO Non te disperare, ché forse e' cieli non te abbandoneranno. A me par che si segua el parer tuo di non te lassar trovare oggi da Perillo; e lo andare da colei viene a proposito; e io li panni da donna, per vestirti, ho in ordine. Chi scampa d'un punto ne schiva mille.

LIDIO FEMINA Ogni cosa farò. Ma dove è quel Ruffo?

FANNIO Rimanemo che chi prima arrivava l'altro aspettassi.

LIDIO FEMINA Meglio è che Ruffo aspetti noi. Leviamoci di qui, perché colui che è là non ci veda, se fusse alcuno che per ordine di Perillo me cercasse: se ben de' sua non mi pare.

SCENA NONA

Fessenio servo, Calandro.

FESSENIO Non potria meglio esser ordinata la cosa. Lidio da donna si veste e in la sua camera terrena Calandro aspetta e da fanciulla galantissima se gli mosterrà. Poi, al far quella novella, chiuse le finestre, una scanfarda a canto se gli metterà: attento che di sí grossa pasta è il gocciolone che l'asino dal rosignolo non discerneria. Vedilo che ne viene tutto allegro. Contentiti el ciel, padrone.

CALANDRO E te, Fessenio mio. È in ordine il forzieri?

FESSENIO Tutto. E vi starai drento sanza snodarti pure un capello, pur che bene vi ti acconci drento.

CALANDRO Meglio del mondo! Ma dimmi una cosa ch'io non so.

FESSENIO Che?

CALANDRO Arò io a stare nel forziero desto o adormentato?

FESSENIO Oh salatissimo quesito! Come desto o adormentato? Ma non sai tu che in su' cavalli si sta desto, nelle strade si camina, alla tavola si mangia, nelle panche si siede, ne' letti si dorme e ne' forzieri si muore?

CALANDRO Come si muore?

FESSENIO Si muore, sí. Perché?

CALANDRO Cagna! L'è mala cosa.

FESSENIO Moristi tu mai?

CALANDRO Non, ch'io sappia.

FESSENIO Come sai, adonque, che l'è mala cosa, se tu mai non moristi?

CALANDRO E tu se' mai morto?

FESSENIO Oh! oh! oh! oh! Mille millanta, che tutta notte canta.

CALANDRO È gran pena?

FESSENIO Come el dormire.

CALANDRO Ho a morir, io?

FESSENIO Sí, andando nel forziero.

CALANDRO E chi morirà me?

FESSENIO Ti morirai da te stesso.

CALANDRO E come si fa a morire?

FESSENIO El morire è una favola. Poi che nol sai, son contento a dirti el modo.

CALANDRO Deh sí! Dí sú.

FESSENIO Si chiude gli occhi; si tiene le mani cortese; si torce le braccia; stassi fermo fermo, cheto cheto; non si vede, non si sente cosa che altri si faccia o ti dica.

CALANDRO Intendo. Ma il fatto sta come si fa poi a rivivere.

FESSENIO Questo è bene uno de' piú profondi secreti che abbi tutto il mondo e quasi nessuno il sa. E sia certo che ad altri nol direi già mai; ma a te son contento dirlo. Ma vedi, per tua fé, Calandro mio, che ad altra persona del mondo tu non lo palesi mai.

CALANDRO Io te giuro che io non lo dirò ad alcuno; ed anche, se tu vuoi, non lo dirò a me stesso.

FESSENIO Ah! ah! A te stesso sono io ben contento che tu 'l dica; ma solo ad uno orecchio, a l'altro non già.

CALANDRO Or insegnamelo.

FESSENIO Tu sai, Calandro, che altra differenzia non è dal vivo al morto se none in quanto che il morto non se move mai e il vivo sí. E però, quando tu faccia come io ti dirò, sempre risusciterai.

CALANDRO Dí sú.

FESSENIO Col viso tutto alzato al cielo si sputa in sú; poi con tutta la persona si dà una scossa, cosí; poi s'apre gli occhi, si parla e si muove i membri. Allor la Morte si va con Dio e l'omo ritorna vivo. E sta sicuro, Calandro mio, che chi fa questo non è mai, mai morto. Or puoi tu ben dire d'avere cosí bel secreto quanto sia in tutto l'universo ed in Maremma.

CALANDRO Certo, io l'ho ben caro. Ed or saprò morire e rivivere a mie' posta.

FESSENIO Madesí, padron buaccio.

CALANDRO E tutto farò benissimo.

FESSENIO Credolo.

CALANDRO Vuo' tu, per veder se io so ben far, ch'i' provi un poco?

FESSENIO Ah! ah! Non sarà male; ma guarda a farlo bene.

CALANDRO Tu 'l vedrai. Or guarda. Eccomi.

FESSENIO Torci la bocca. Piú ancora; torci bene; per l'altro verso; piú basso. Oh! oh! Or muori a posta tua. Oh! Bene. Che cosa è a far con savi! Chi aría mai imparato a morir sí bene come ha fatto questo valente omo? El quale more di fuora eccellentemente. Se cosí bene di drento more, non sentirà cosa che io gli faccia; e cognoscerollo a questo. Zas! Bene. Zas! Benissimo. Zas! Optime. Calandro! o Calandro! Calandro!

CALANDRO Io son morto, i' son morto.

FESSENIO Diventa vivo, diventa vivo. Sú! sú! ché, alla fé, tu muori galantemente. Sputa in sú.

CALANDRO Oh! oh! uh! oh! oh! uh! uh! Certo, gran male hai fatto a rinvivermi.

FESSENIO Perché?

CALANDRO Cominciavo a vedere l'altro mondo di là.

FESSENIO Tu lo vedrai bene a tuo agio nel forziero.

CALANDRO Mi par mill'anni.

FESSENIO Orsú! Poi che tu sai sí ben morire e risuscitare, non è da perder tempo.

CALANDRO Or via! sú!

FESSENIO Nooo! Con ordine vuol farsi tutto, a fin che Fulvia non se ne accorga. Con lei fingendo andare in villa, a casa di Menicuccio te ne vieni; ove troverrai me con tutte le cose che fanno di mestiero.

CALANDRO Ben di'. Cosí farò or ora, ché la bestia sta parata.

FESSENIO Mostra. Che l'hai in ordine?

CALANDRO Ah! ah! Dico che 'l mulo, drento a l'uscio, è sellato.

FESSENIO Ah! ah! ah! Intendeva quella novella.

CALANDRO Mi par mille anni esser a cavallo; ma in su quella angioletta di paradiso.

FESSENIO Angioletta, ah? Va pur là. Se io non mi inganno, la castroneria si congiungerà oggi con la lordezza. E debbe or montare a cavallo. Voglio avviarmi inanzi e dire a quella vezzosa porca che in ordine sia e me aspetti. Oh! oh! oh! Vedi Calandro già montato. Miraculosa gagliardia di quel muletto che porta cosí sconcio elefantaccio!

SCENA DECIMA

Calandro, Fulvia.

CALANDRO Fulvia! o Fulvia!

FULVIA Messer, che vuoi?

CALANDRO Fatti alla finestra.

FULVIA Che c'è?

CALANDRO Vuoi altro? Io vo insino in villa, ché Flaminio nostro non si consumi drieto alle cacce.

FULVIA Ben fai. Quando tornerai?

CALANDRO Forse stasera. Fatti con Dio.

FULVIA Va in pace, col mal anno. Guarda che vezzoso marito mi detteno li frategli miei! che mi fa venire in angoscia pure a vedello.

ATTO TERZO

SCENA PRIMA

Fessenio servo solo.

FESSENIO Ecco, o spettatori, le spoglie amorose. Chi cercà che se gli apicchi gentilezza, acume, accorgimento queste veste compri ed alquanto indosso le porti: perché di quel vago Calandro sono, tanto astuto che, d'un giovane innamorato, si crede che fanciulla sia; di quel che ha tanto della divinità che muore e risuscita a posta sua. Chi comprar le vuole dinari porga; ché io, come cose d'omo già passato di questa vita, vendere le posso. Prima si messe da morto nel forziero che arrivato fusse. Ah! ah! ah! Cosí Lidio galantemente da donna vestito aspetta con allegrezza questo vezzoso amante che, a dire il vero, è piú schifo che Bramante. Io son corso inanzi perché qua mi trovi la scanfarda che io ho ordinato per questo conto. Ed eccola che a me ne viene. E vedi anco là, col forzieri, el facchino; el quale si pensa portare preziosa mercanzia e non sa che ella è la piú vile che in questa terra sia. Nessuno vuol le veste? no? Addio, dunque, spettatori. Andrò a congiungere il castron con la troia. Restate in pace.

SCENA SECONDA

Meretrice, Fessenio, Facchino, Sbirri di dogana, Calandro.

MERETRICE Eccomi, Fessenio. Andianne.
FESSENIO Lassa andare innanzi questo forziero nostro. Non di là, no, facchino. Va pur dritto.
MERETRICE Che vi è drento?
FESSENIO Vi è, anima mia, robba da te.
MERETRICE Che?
FESSENIO Sete e panni.
MERETRICE Di chi sono?
FESSENIO Di colui con chi sguazzar dei, viso bello.
MERETRICE Oh! e me ne darà qualche cosa?
FESSENIO Sí, se farai ben quel che t'ho detto.
MERETRICE Lassa pur governallo a me
FESSENIO Fa che, sopra tutto, tu ti ricordi, nota, di chiamarti Santilla e di tutte l'altre cose che io t'ho detto.
MERETRICE Non mancherò d'un pelo.
FESSENIO Altrimenti non aresti un baghero.
MERETRICE Tutto farò benissimo. Ma oh! oh! oh! Che voglian questi sbirri dal facchino?
FESSENIO Oimè! Salda, cheta! Ascolta.
SBIRRI Dí sú: che è qui drento?
FACCHINO Mò che soie mi?
SBIRRI Sei stato in doana?
FACCHINO Non mi.
SBIRRI Che c'è drento? Dí sú.
FACCHINO Non l'ho visto overto mi.
SBIRRI Dillo, poltron!
FACCHINO El me fu deccio che 'l ghera seda e pagni.
SBIRRI Sede?
FACCHINO Madesine.
SBIRRI È chiavato?
FACCHINO E' crezo de no mi.
SBIRRI Le son perdute. Posa giú.

FACCHINO Eh! no, misser.

SBIRRI Posa, poltron! Tu vorrai che io ti soni, sí?

FESSENIO Oimè! oimè! La va male. Spacciato è il fatto nostro; ogni cosa è guasta; tutto è scoperto; ruinati siamo.

MERETRICE Che cosa è?

FESSENIO Rotto è il disegno.

MERETRICE Parla, Fessenio: che c'è?

FESSENIO Aiutami, Sofilla.

MERETRICE Che vuoi?

FESSENIO Piangi, lamentati, grida, scapigliati. Cosí! sú!

MERETRICE Perché?

FESSENIO Presto lo saperrai.

MERETRICE Ecco. Oh! oh! oh! uha!

SBIRRI Oh! oh! oh! Questo è un morto.

FESSENIO Che fate? Olà! che cercate?

SBIRRI Il facchino ci disse esserci cosa da gabella e troviamo che c'è un morto.

FESSENIO Un morto è.

SBIRRI Chi è?

FESSENIO Il marito di questa poveretta. Non vedete come si dispera?

SBIRRI Perché cosí il portate nel forziero?

FESSENIO A dirvi il vero, per ingannare la brigata.

SBIRRI O perché?

FESSENIO Saremmo da ognuno scacciati.

SBIRRI La cagione?

FESSENIO È morto di peste.

SBIRRI Di peste? Oimè! Io che l'ho tocco!

FESSENIO Tuo danno.

SBIRRI E dove il portate?

FESSENIO A sotterrarlo in qualche fossa; o, cosí, il forziero e lui butteremo in un fiume.

CALANDRO Ohu! ehu! ohu! Ad annegarmi, eh? Io non son morto, no, ribaldi!

FESSENIO Oh! Ognun si fugge per paura. O Sofilla! facchino! O Sofilla! facchino! Sí! Va, giungeli tu! El diavol non gli faria voltare in qua. Va, poi, impacciati con pazzi, tu! Va!

SCENA TERZA

Calandro, Fessenio.

CALANDRO Ah poltron Fessenio! Mi volevi annegare, eh?

FESSENIO Eimè! Eh! padron, perché mi vuo' battere?

CALANDRO Domandi perché, tristo, ah?

FESSENIO Sí. Perché?

CALANDRO Il meriti, sciagurato ribaldo!

FESSENIO

Miser chi del ben far sempre ha mal merto.
Adunque tu me offendi perché t'ho salvato?

CALANDRO E che salvamento è questo?

FESSENIO Che, ah? Dissi a quel modo perché tu non fussi portato in doana.

CALANDRO E che era, quando ben m'avessin portato là?

FESSENIO Che era, eh? Tu meritavi che io vi t'avessi lassato portare; e arestilo veduto.

CALANDRO Che domin era?

FESSENIO E' par che ci nascessi pure oggi. Eri colto in frodo; eri preso; e te ariano poi venduto come l'altre cose che son colte in frodo.

CALANDRO Maaa... Tu facesti molto bene, adonque. Perdonami, Fessenio.

FESSENIO Un'altra volta, aspetta il fine prima che ti corrucci. Mio danno, se io non te ne pago.

CALANDRO Cosí farò. Ma dimmi: chi era quella, cosí brutta, che fuggiva via?

FESSENIO Chi era, ah? non la cognosci?

CALANDRO No.

FESSENIO È la Morte che teco era nel forziero.

CALANDRO Meco?

FESSENIO Teco, sí.

CALANDRO Oh! oh! Io non la vidi mai là drento meco.

FESSENIO Oh buono! Tu non vedi anco il sonno, quando dormi; né la sete, quando bevi; né la fame, quando mangi. Ed anco, se tu vuoi dirmi il vero, or che tu vivi, tu non vedi la vita; e pure è teco.

CALANDRO Certo, no, ch'io non la veggo.

FESSENIO Cosí non si vede la morte, quando si muore.

CALANDRO Perché si è fuggito il facchino?

FESSENIO Per paura della morte: sí che temo che a Santilla oggi andar non potrai.

CALANDRO Morto son se oggi con lei non sono.

FESSENIO Io non saprei in ciò che farmi: se già tu non pigliasse un poco di fatica.

CALANDRO Fessenio, per essere con lei farò ogni cosa, sino andare scalzo a letto.

FESSENIO Ah! ah! Scalzo a letto, ah? Questo è troppo. Non piaccia a Dio.

CALANDRO Di' pur sú.

FESSENIO Ti bisogna, in fine, esser facchino. Tu sei sí travisato di abito e, per essere stato morto un pezzo, nel viso se' sí cambiato che non fia chi ti conosca. Io mi presenterò là come legnaiuolo che fatto abbi il forziero. Santilla comprenderà subito come il fatto sta, perché ella è piú savia che una sibilla. E insieme farete il bisogno.

CALANDRO Oh! Tu hai ben pensato. Per amor suo porterei e' cestoni.

FESSENIO Oh! oh! Grande ardire costui ha. Orsú! Piglia. Alto! O diavolo! Tu caschi. Sta forte. Ha 'lo bene?

CALANDRO Benissimo.

FESSENIO Orsú! Va inanzi; fermati all'uscio: e io, cosí, di drieto a te ne vengo. Quanto sta bene questa bestia sotto la soma! Sciocco animalaccio! Intanto che io menerò, per l'uscio di drieto, quella scanfarda, bisognerà pure che Lidio si lassi baciar da costui. Ma, se gli baci sui li fianco fastidiosi, li parranno poi piú suavi quelli di Fulvia. Ma ecco Samia. Non ha visto Calandro. Dirolli due parole. E la bestia starà tanto piú carica.

SCENA QUARTA

Fessenio servo, Samia serva.

FESSENIO Onde vieni?
SAMIA Da quel negromante a chi, per la strada di là, ella poco fa mi mandò.
FESSENIO Che dic'egli?
SAMIA Che presto verrà da lei.
FESSENIO Eh! eh! eh! Che son bubole? Io vo a trovar Lidio per obedire a quanto madonna mi commise dianzi.
SAMIA È egli in casa?
FESSENIO Sí.
SAMIA Che credi di lui?
FESSENIO A dirlo a te, non bene. Pure non so.
SAMIA Basta. Noi stiamo fresche!
FESSENIO Addio.

SCENA QUINTA

Samia serva, Fulvia.

SAMIA Ti so dire che che la va bene! ché né da Lidio né dallo spirito porto cosa che buona sia. Questa è la volta che Fulvia si dispera. Vedila che appare su l'uscio.
FULVIA Tu sei stata tanto a tornare!
SAMIA Non ho, prima che or ora, trovato Ruffo.
FULVIA Che dice?
SAMIA Niente, pare a me.
FULVIA Pure?
SAMIA Che lo spirito gli ha risposto... Oh! come diss'egli? Non me ne ricordo.
FULVIA Sia col malanno, cervel d'oca.

SAMIA Oh! oh! oh! Io me ne ricordo. Dice che gli ha risposto anghibuo.
FULVIA Ambiguo, vuoi dir tu.
SAMIA A quel modo, sí.
FULVIA Non dice altro?
SAMIA Che di nuovo lo pregherrà.
FULVIA Altro?
SAMIA Che, volendo servirti, verrà a dirtelo subito.
FULVIA Misera a me! che non ne sarà nulla. Ma Lidio?
SAMIA Fa quel conto di te che delle scarpe vecchie.
FULVIA Ha' lo trovato?
SAMIA E parlatoli.
FULVIA Dimmi, dimmi: che c'è?
SAMIA L'arai per male?
FULVIA Oimè! che c'è? Dí sú.
SAMIA In fin, e' par che non te cognoscessi mai.
FULVIA Che mi di' tu?
SAMIA Cosí sta mò.
FULVIA A che il comprendesti?
SAMIA Mi rispose in modo che mi fé paura.
FULVIA Forse finse burlare teco.
SAMIA Non m'aría svillaneggiata.
FULVIA Non sapesti forse dire.
SAMIA Meglio non m'imponesti.
FULVIA Era forse accompagnato.
SAMIA Lo tirai da parte.
FULVIA Forse parlasti troppo forte.
SAMIA Quasi all'orecchio.
FULVIA In fin, che ti disse?
SAMIA Mi scacciò da sé.
FULVIA Dunque, piú non mi ama?
SAMIA Né te ama né ti stima.
FULVIA Cosí credi?
SAMIA Ne son certa.
FULVIA Lassa me! che odo io?
SAMIA Tu intendi.
FULVIA E di me non ti domandò?
SAMIA Anzi, disse non saper chi tu fussi.
FULVIA Dunque, m'ha dismenticata?

SAMIA Se non te odia pur, bene ne vai.

FULVIA Ahi cieli avversi! Certo, or cognosco lui spietato e me misera. Ahi quanto è trista la fortuna della donna! e come è male appagato lo amore di molte nelli amanti! Ahi trista me! che troppo amai. Lassa! che ad altri tanto mi diedi che non sono piú mia. Deh, cieli! perché non fate che Lidio me ami come io lui amo? o che io fugga lui come esso me fugge? Ahi crudel! che chiedo io? Disamar e fuggir Lidio mio? Ah! certo, questo né far posso né voglio; anzi, penso io stessa trovarlo. E perché non mi è lecito da omo vestirmi una sol volta e trovar lui, come esso, da donna vestito, spesso è venuto a trovar me? Ragionevol è. Ed egli è ben tale che merita che questa e maggior cosa si faccia per lui. Perché far nol devo? perché non vo? perché perdo io la mia giovinezza? Non è dolor pari a quello de una donna che si trova aver perso la sua giovinezza in vano. Fresca sta chi crede, in vecchiezza, ristorarla. Quando troverrò io uno amante cosí fatto? quando arò io tempo andarlo a trovare, come al presente, che egli è in casa e che il mio marito è di fuora? chi mel vieta? chi mi tiene? Certo, sí farò, ché ben mi accorsi che Ruffo interamente non si confidava disporre lo spirito per me. Li ministri non operano mai bene come colui a cui tocca; non eleggono il tempo commodo; non mostrano lo effetto de l'amante. Se io da lui vo, vedrà le mie lacrime, sentirà e' mie' lamenti, udirà e' mie' preghi. Or butteromegli ai piedi, or fingerò morire, or al collo le braccia li circunderò: e come sarà mai sí crudele che a pietà di me non si mova? Le parole amorose, per li orecchi dal core ricevute, hanno piú forza che stimar non si può e alli amanti quasi ogni cosa è possibile. Cosí spero; cosí far voglio. Or da omo a vestir mi vo. Tu, Samia, su l'uscio resta: né lassar fermarsici alcuno, acciò che io, a l'uscire di casa, cognosciuta non fusse. Tutto farò subito.

SCENA SESTA

Samia serva, Fulvia.

SAMIA Oh povere e infelici donne! a quanto male siamo noi sottoposte quando ad Amore sottoposte siamo! Ecco, Fulvia, che già tanto prudente era, ora, di costui accesa, non cognosce cosa che si faccia. Non possendo aver Lidio suo, a trovarlo va vestita da omo; sanza pensar quanti mali avvenir ne potriano, quando mai si sapesse. Forse ch'ella non è bene appagata? che ha dato a costui la robba, l'onore e le carne; ed esso tanto la stima quanto il fango. Ben semo noi tutte sventurate. Eccola che già ne viene da omo vestita. Parti che l'abbia fatto presto?

FULVIA Tu intendi. Vo a trovar Lidio. Tu resta qui; e tien l'uscio serrato, mentre che io vo e torno.

SAMIA Cosí farò. Guarda come va!

SCENA SETTIMA

Fulvia sola.

FULVIA Nulla è, certo, che Amore altri a fare non costringa. Io, che già sanza compagnia a gran pena di camera uscita non sarei, or, da amor spinta, vestita da uomo fuor di casa me ne vo sola. Ma, se quella era timida servitú, questa è generosa libertà. A casa sua, benché alquanto discosto sia, me ne dirizzo, ché ben so dove sta. E farò là sentirmi, ché far lo posso; perché altri non vi è che la sua vecchiarella e forse anche Fessenio, a' quali tutto è noto. Nessuno mi conoscerà: onde questa cosa non si saprà già mai; e, se pur si dovessi sapere, egli è meglio fare e pentirsi che starsi e pentirsi.

SCENA OTTAVA

Samia sola.

SAMIA Ella va a darsi piacere; e, dove io la biasimava, or la scuso e laudo perché chi amor non gusta non sa che cosa sia la dolcezza del mondo ed è una bella bestia. So ben io che altro ben non sento, se non quando mi trovo col mio amante Lusco spenditore. Semo in casa soli ed egli è qui nella corte. Meglio è che, cosí drento all'uscio serrato, ci sollazziamo insieme. La padrona m'insegna che anch'io mi dia bel tempo. Matto è chi non sa pigliare e' piaceri quando può averli con ciò sia che il fastidio e la noia, sempre che altri ne vuole, sieno apparecchiati. Luuusco!

SCENA NONA

Fessenio servo.

FESSENIO Non serrar. Olà! Non odi? Ma non importa. Ben mi fia aperto: ché, or che Calandro è con la vaga scanfarda condotta da me per la via di là, voglio ire a narrare il fatto a Fulvia che so ne creperà delle risa. Ed invero la cosa è tale che faria ridere li morti. Bei misteri doverranno essere li loro! Or vado a Fulvia.

SCENA DECIMA

Fessenio fuor de l'uscio. Samia dentro.

FESSENIO Tic, toc; tic, toc. Sete sordi? Oh! oh! Tic, toc. Aprite. Oh! oh! Tic, toc. Non udite?
SAMIA Chi picchia?
FESSENIO Fessenio tuo. Samia, apri.
SAMIA Ora.
FESSENIO Perché non apri?
SAMIA Io mi alzo per metter la chiave nella toppa.
FESSENIO Presto, se vuoi.
SAMIA Non truovo il buco.
FESSENIO Or escine.
SAMIA Eh! eh! eimè! non si può ancora.
FESSENIO Perché
SAMIA Il buco è pieno.
FESSENIO Soffia nella chiave.
SAMIA Fo meglio.
FESSENIO Che?
SAMIA Scuoto quant'io posso.
FESSENIO Che indugi?
SAMIA Oh! oh! oh! Laudato sia il manico della vanga, Fessenio, ché ho fatto el bisogno ed ho tutta unta la chiave perché meglio apri.
FESSENIO Or apri.
SAMIA Fatto è. Non senti tu ch'io schiavo? Or entra a tuo piacere.
FESSENIO Che voglian dire tante serrature?
SAMIA Fulvia ha voluto che oggi si chiavi l'uscio.
FESSENIO Perché?
SAMIA A te può dirsi tutto. Vestita da omo, è ita a trovar Lidio.
FESSENIO Oh! Samia, che mi di' tu?
SAMIA Tu hai inteso. Io ho a stare coll'uscio serrato e aprire quando la viene. Vatti con Dio.

SCENA UNDICESIMA

Fessenio servo solo.

FESSENIO Or vedo bene esser vero che nessuna cosa è, quantunche grave e dubiosa, che far non ardisca chi ferventemente ama: come fa costei, la qual se n'è ita a casa di Lidio né sa che suo marito là si trova. Il quale, posto che male accorto sia, non potrà però fare che di lei mal non pensi, vedendola in quell'abito e in quel loco sola; e forse in modo se ne adirerà che a' parenti di lei il farà noto. Voglio andar là presto per vedere se, in alcun modo, a questo riparar potessi. Ma oh! oh! oh! Che cosa è questa? Oh! oh! oh! Fulvia che, oh! oh!, Calandro da prigion ne mena. Che domin è questo? Starommi cosí da parte per udire e vedere a che si riduce la cosa.

SCENA DODICESIMA

Fulvia, Calandro.

FULVIA Oh valente marito! Questa è la villa dove andar dicevi? A questo modo, ah? Non hai da far tanto a casa tua che tu vai sviandoti altrove? Misera me! A chi porto io tanto amore? a chi tanta fede servo? Or so perché, le notti passate, non mi ti sei mai appressato: come quello che, avendo a scaricare le some altrove, volevi arrivare fresco cavalieri in battaglia. In fede mia, non so come io mi tengo che io non ti cavi gli occhi. E forse che non pensavi ascosamente farmi questo inganno? Ma, per mie' fé, tanto sa altri quanto tu. E, a questa ora, in questo abito, d'altri non fidandomi, io propria son venuta per trovarti. E cosí ti meno, come tu sei degno, sozzo cane, per svergognarti e perché ognuno prenda compassione di me che tanti oltraggi da te sopporto, ingrato! E pensi tu, dolente, se io rea femina fussi come tu reo omo sei, che modo mi mancasse da sollazzarmi con altro come tu con altra ti sollazzi? Non credere: perché io né sí vecchia né sí brutta sono che rifiutata fussi, se piú a me stessa che alla tua gaglioffezza rispetto non avessi avuto. Vivi sicuro che ben vendicata mi sarei contro a colei che a canto ti trovai. Ma va pur là. Non abbia mai cosa che mi piaccia, se non te ne pago e di lei non mi vendico.

CALANDRO Hai finito?

FULVIA Sí.

CALANDRO Col mal anno, lassa che mi corrucci io, non tu, dispettosa! ché m'hai cavato del paradiso mondano e toltomi ogni mio sollazzo. Fastidiosa! Tu non vali le scarpette vecchie sue, che la mi fa piú carezze e meglio mi bacia che tu non fai. Ella mi piace piú che la zuppa del vin dolce; e luce piú che la stella Diana; e ha piú magnificenzia che la Quintadecima; e è piú astuta che la fata Morgana. Sí che tu non te l'aresti inghiottita, no, malvagia femina che tu sei! E se tu mai le fai male, trista a te!

FULVIA Orsú! Non piú! In casa, in casa. Apri. Olà! Apri.

SCENA TREDICESIMA

Fessenio servo solo.

FESSENIO O Fessenio, che è questo che tu veduto hai? O Amore, quanto è la potenzia tua! Qual poeta, qual dottore, qual filosofo potria mai mostrare quelli accorgimenti, quelle astuzie che fai tu a chi séguita la tua insegna? Ogni sapienzia, ogni dottrina di qualunche altro è tarda respetto alla tua. Qual altra, sanza amore, averia avuto tale accorgimento che di sí gran periculo escita fusse come costei? Mai non vidi malizia simile. Ella se ferma in su l'uscio. Anderò da lei e le darò speranza di Lidio suo perché è d'avere ormai compassione della poveretta.

SCENA QUATTORDICESIMA

Fulvia, Fessenio servo, Samia serva.

FULVIA Guarda, Fessenio mio, se io sgraziata sono! ché, in loco di Lidio, trovai questa bestia di mio marito, col quale mi son però salvata.

FESSENIO Tutto ho visto. Tirati piú drento, ché altri in questi panni non ti veda.

FULVIA Ben ricordi. El gran disio d'esser con Lidio in modo mi accecò che piú oltre non pensai. Ma dimmi, Fessenio caro: hai trovato Lidio mio?

FESSENIO Corre il sangue ov'è la percossa. Ho.

FULVIA Sí?

FESSENIO Sí.

FULVIA Be' Fessenio mio: che dice? Dimmi.

FESSENIO Non partirà cosí presto.

FULVIA Doh Dio! Quando potrò io parlar seco?

FESSENIO Forse anche oggi; e, quando con Calandro ti vidi, a lui me ne andavo per disporlo a venire da te.

FULVIA Fallo, Fessenio mio, ché buon per te! E la vita mia te raccomando.

FESSENIO Farò tutto perché a te venga; e a lui ne vo. Resta in pace.

FULVIA In pace eh? In guerra e in lamenti resterò io. Tu alla pace mia vai, ché a Lidio vai.

FESSENIO Addio.

FULVIA Fessenio mio, torna presto.

FESSENIO Cosí farò.

FULVIA Ahi infelice Fulvia! Se io cosí troppo sto, certo io me morirò! Misera! che far devo?

SAMIA Forse lo spirito lo moverà.

FULVIA Deh! Samia, poi che il negromante sta tanto a venire, torna a ritrovarlo.
SAMIA Cosí mi pare; e non ci voglio perder tempo.
FULVIA Raccomandagli questa cosa. E torna presto.
SAMIA Subito che l'ho trovato.

SCENA QUINDICESIMA

Samia serva, Ruffo negromante.

SAMIA Oh! oh! oh! Gran ventura! Ecco Ruffo. Contentiti el cielo.
RUFFO Che cerchi, Samia?
SAMIA Consumasi di sapere quello che hai fatto della faccenda sua.
RUFFO Credo si condurrà in porto.
SAMIA E quando?
RUFFO Verrò a dire a Fulvia il tutto.
SAMIA Tu stai pur troppo a far questa cosa.
RUFFO Samia, le son trame che non si fanno al gitto. Bisogna accozzare stelle, parole, acque, erbe, pietre e tante bazzicature che è forza che ci vada tempo.
SAMIA Se voi il fate pur poi...
RUFFO Ne ho ferma speranza.
SAMIA Oh! oh! oh! Conosci tu l'amante?
RUFFO Non certo.
SAMIA È quel là.
RUFFO El conosci ben, tu?
SAMIA Non è anco due ore che io gli parlai.
RUFFO Che ti disse?
SAMIA Mi si mostrò piú aspro che un tribulo.
RUFFO Va, parlali ora per vedere se lo spirito l'ha punto raddolcito.
SAMIA Ti pare?
RUFFO Te ne prego.
SAMIA A lui ne vo.

RUFFO Olà! Tórnatene poi per di là a Fulvia; e io ne verrò subito a lei.
SAMIA Fatto è.
RUFFO Fin che costei parla a Lidio, mi starò qui apparato.

SCENA SEDICESIMA

Fannio servo, Lidio femina, Samia serva.

FANNIO O Lidio, ecco in verso noi la serva di Fulvia. Nota che ha nome Samia. Rispondeli dolcemente.
LIDIO FEMINA Cosí pensavo.
SAMIA Sei tu piú turbato?
LIDIO FEMINA No, Dio, no. Samia mia, perdonami, ché in altro caso io ero occupato ed ero quasi fuor di me, tal ch'io non so quel che mi ti dissi. Ma dimmi: che è di Fulvia mia?
SAMIA Vuo' lo sapere?
LIDIO FEMINA Non per altro te ne ricerco.
SAMIA Domandane il cor tuo.
LIDIO FEMINA Non posso.
SAMIA Perché?
LIDIO FEMINA O non sai che 'l cor mio è con lei?
SAMIA Tanto faccia Iddio sani delle reni voi altri amatori quanto voi dite mai il vero. Dianzi non poteva costuï sentire ricordarla; e or mi vuol far credere che altro bene non ha che lei. Come se io non sapessi che tu non l'ami e non vuoi venire dove la sia!
LIDIO FEMINA Anzi, mi si strugge la vita infin che seco non mi trovo.
SAMIA Alla croce di Dio, che lo spirito potria pure aver lavorato da buon senno. Tu verrai, dunque, come suoli?
LIDIO FEMINA Che vuol dir «come suoli»?
SAMIA Dico, in forma di donna.
LIDIO FEMINA Bee', sí: come l'altre volte.
SAMIA Oh che nuova porto io a Fulvia! Non voglio star

piú teco. E tornerommene per la strada di dreto perché altri non mi veda, partendo da te, entrare in casa. Addio.

LIDIO FEMINA Addio.

SCENA DICIASSETTESIMA

Lidio femina, Fannio servo, Ruffo negromante.

LIDIO FEMINA Hai tu udito, Fannio?

FANNIO Sí; e notato quel «come suoli». Certo, per altro sei colto in iscambio.

LIDIO FEMINA Cosí è vero.

FANNIO Sarà bene avvertirne Ruffo che a punto a noi torna.

RUFFO Or be', che vuoi fare?

LIDIO FEMINA Ti par cosa da lassare?

RUFFO Eh! eh! eh! L'amico si risente. E ne hai bene ragione, Lidio, ché, per certo, l'è un sole.

LIDIO FEMINA La conosco e so dove sta a punto.

FANNIO Se ne trarrà piacere.

RUFFO Ed utile.

FANNIO Se io, Ruffo, ben le tuo' parole notai, tu dicesti dianzi che, altro mezzo non giovandoli, ella al tuo ricorre: da che comprendo che ha tentato piú la pratica. A noi di ciò non fu mai parlato. Però è da creder che Lidio, qui, sie colto in iscambio per un altro, come oggi ha fatto la sua serva: per il che è necessario che tu, a cautela, dica a Fulvia, per parte dello spirito, che di cosa passata non parli mai piú; perché il fatto potria scoprirsi e gran scandalo riuscirne. Avvertisci bene.

RUFFO Ben notasti; saviamente ricordi. Cosí farò. Orsú! Qui non è da dire altro. A' fatti. Io a lei me ne vo; voi in ordin vi mettete.

LIDIO FEMINA Va e torna, ché in punto ci troverrai.

FANNIO Lidio, aviati. Io, or or, drieto a te ne vengo. Ruffo, duo parole.

RUFFO Che c'è?

FANNIO Io ti dirò un secreto tanto a proposito di questa cosa quanto tu mai immaginar non potresti. Ma guarda che tu non lo dica, poi.

RUFFO Non mi lassi avere Dio cosa che io brami, se io ne parlerò già mai.

FANNIO Vedi, Ruffo, tu rovineresti me e leveresti a te l'utile che trarrai di questa pratica.

RUFFO Non temer. Dí sú.

FANNIO Sappi che Lidio mio padrone è ermafrodito.

RUFFO E che importa questo merdafiorito?

FANNIO Ermafrodito, dico io. Diavol! tu se' grosso!

RUFFO Be', che vuol dire?

FANNIO Tu nol sai?

RUFFO Per ciò il dimando.

FANNIO Ermafroditi sono quelli che hanno l'uno e l'altro sesso.

RUFFO Ed è Lidio uno di quelli?

FANNIO Sí, dico.

RUFFO Ed ha il sesso da donna e la radice d'uomo?

FANNIO Messer sí.

RUFFO Te giuro, alle guagnele, che mi è sempre parso che Lidio tuo abbia, nella voce e anco ne' modi, un poco del feminile.

FANNIO E per quello sappi che, questa volta, userà con Fulvia solo il sesso feminile per ciò che, avendolo ella domandato in forma di donna, e donna trovandolo, darà tanta fede allo spirito che poi la te adorerà.

RUFFO Questa è una delle piú belle trame che io sentissi mai. E ti so dire che e' denari verranno a staia.

FANNIO Fatt'è. Come è liberale?

RUFFO Liberale, dimandi? Gli amanti serran la borsa con la fronde del porro; perché i ducati, e' panni, il bestiame, li offizi, le possessioni e la vita darieno coloro che aman come costei.

FANNIO Tutto mi consoli.

RUFFO Consolato hai tu me con quel barbafiorito.

FANNIO Piacemi che tu nol sappi nominare perché, volendo, nol saprai poi ridire.

RUFFO Or vattene a Lidio; e vestitevi. Io me ne vo a Fulvia e dirò che arà lo attento suo

FANNIO Adunque, io sarò la serva.

RUFFO Ben sai. Siate in ordine quando a voi tornerò.

FANNIO In un tratto. Ben feci a trovare i panni ancor per me.

SCENA DICIOTTESIMA

Ruffo negromante, Samia serva.

RUFFO Sin qui la cosa va in modo che li cieli non me l'ariano potuta ordinar meglio. Se Samia è per di là arrivata a casa, Fulvia deve aspettarmi. Mosterrolle lo spirito aver fatto tutto e che le bisogna, con questa immaginetta, dire alcune parole e far certe cose che li parranno tutte a proposito d'incantesimi. E ricorderolle che di cosa successa e seguíta in questo amore suo e ch'io seco faccia, fuor che alla serva sua, con altri non ne parli. Farò tutto subito e fuor me ne tornerò. E vedi in su l'uscio comparsa Samia.

SAMIA Entra presto, Ruffo, e va da Fulvia là in quella camera terrena; perché, su di sopra, è Calandro pecora.

SCENA DICIANNOVESIMA

Samia serva, Fessenio servo.

SAMIA Ove vai, Fessenio?

FESSENIO Alla padrona.

SAMIA Non puoi ora parlarli.

FESSENIO Perché?

SAMIA È col negromante.

FESSENIO Deh! lassami entrare.

SAMIA In fine, non si può.

FESSENIO Son tutte bubole.

SAMIA Bubole son le tua.

FESSENIO Sono un... presso ch'io non ti dissi. Or io darò una volta e tornerò a Fulvia.

SAMIA Ben farai.

FESSENIO Se Fulvia sapesse quel ch'io so, non se cureria di spirti; perché Lidio brama piú d'esser con lei che essa non fa e oggi vuol trovarsi seco. E di mia bocca glie ne voglio dire io, perché so mi donerà qualche cosa. Però nol dissi a Samia. Lassami partire di qui perché, vedendomi Fulvia, penseria che io fermo mi ci fussi per vedere il suo negromante; che esser deve quel che esce di casa.

SCENA VENTESIMA

Ruffo negromante solo.

RUFFO La cosa procede bene. Io spero ristorare le miserie mie e uscire di questi stracci perché la mi ha dati di buon denari. Non potrei piú bel giuoco avere alle mani. Costei è femina ricca e, per quel che io comprendo, piú innamorata che savia. Se io non me inganno, credo che trarrà ancor da maladetto senno; né io di minor ventura avevo bisogno. Vedi, vedi che pur li sogni, alle volte, son veri. Questo è la fagiana che, stanotte, sognai aver presa. Mi parea trarle molte penne della coda e porle sopra il cappel mio. S'ella se lasserà prendere, che mi pare omai di sí, io la spinnerò di maniera che bene ne staranno un pezzo i fatti miei. Per mie' fé, che anche io mi saperrò dar buon tempo e vorrò del buono. Oh! oh! che ventura! Ma che donna è quella che mi accenna? Non la conosco. Lassami accostar piú a lei.

SCENA VENTUNESIMA

Ruffo negromante, Fannio servo vestito da donna.

RUFFO Oh! oh! oh! Fannio, tanto te ha questo abito trasfigurato che non ti ricognoscevo.
FANNIO Non son io buona robba?
RUFFO In ogni modo, sí. Andate a contentar quella scontenta.
FANNIO Contenta so io ben che non fia, a questa volta.
RUFFO Sí, sí, perché Lidio userà seco il sesso feminile.
FANNIO Messer sí. Be'. Possemo andare? dí.
RUFFO A posta vostra. Lidio è vestito?
FANNIO E' mi aspetta qui presso; e sta tanto bene che non è persona che non lo pigliasse per donna.
RUFFO Oh! oh! quanto mi piace! Fulvia vi aspetta. Va, trova Lidio e da lei ve n'andate. Io de qui intorno non mi partirò, per intendere poi a che fine se arreca la cosa. Oh! oh! oh! Ella è, vedi, già in su l'uscio. Ben ha presto fatto quanto li dissi.

SCENA VENTIDUESIMA

Fessenio servo, Fulvia.

FESSENIO Or sei tu fuor di passion, madonna mia.
FULVIA Come?
FESSENIO Lidio è per te in maggior fiamma che tu per lui. Non prima gli dissi quanto me imponesti che in ordine si misse; e a te ne viene.
FULVIA Fessenio mio, questa è nuova da altro che da calze! e certo ben ti ristorerò. Odi, di sopra, che Calandro domanda i panni per uscir fuori. Tira via, ché meco non te veda. Oh che commodità! oh che piacere mi fa! Ogni

cosa comincia andarmi prospera. Lassami spingere fuora questo uccellaccio acciò che io libera resti.

FESSENIO Ti so dir che questi amanti ristoreranno il tempo perso. E, se Lidio fia savio, doverrà ben fermarla alla cosa di sua sorella, se mai si ritrovassi. Calandro non sarà in casa. Hanno viso per grande spazio sollazzarsi insieme. Io posso andarmi a spasso. Ma oh! oh! oh! Vedi Calandro che vien fuora. Lassami discostar di qui perché, fermandosi a parlare qui meco, potria veder Lidio che omai deve arrivare.

SCENA VENTITREESIMA

Calandro, Lidio maschio, Lidio femina.

CALANDRO Oh felice giorno per me! che non ho prima el pié fuor de l'uscio che vedo apparire il mio galante sole e verso me venire. Ma, oimè! Che saluto gli darò io? Dirò «Buon dí»? Non è da mattina. «Buona sera»? Non è tardi. «Dio t'aiuti»? Saluto da vetturali. Dirò «anima mia bella»? Non è saluto. «Cor del corpo mio»? Detto da barbieri. «Viso de angioletta»? Par da mercante. «Spirito divino»? Non è bevitrice. «Occhi ladri»? Mal vocabulo. Oimè! la m'è già adosso. Anima... cor... vis... spi... och... Cancher ti venga! Oh castron che io sono! Avevo fallito. E ben ho fatto a bastemiar quella perché questa qua è Santilla mia, non quella. Buon dí... volsi dir, buona sera. In fede mia, la non è dessa: m'ingannavo. La è questa qui. Mai non è. Ella è pur quella: lassami ire da lei. Anzi, è pur questa. Parole! Ell'è quella. Or questa è la vita mia. Anzi, è pur quell'altra. Anderò da lei.

LIDIO MASCHIO Pillera! Questo matto mi stima donna; e è di me innamorato; e mi verrà dreto fino a casa sua. Torniamo pur a casa nostra. Spoglierommi e, piú al tardi, torneremo da Fulvia.

CALANDRO Eimè! Lei non è dessa. Infin, l'è quella che è andata là per la strada. Meglio è trovarla.

LIDIO FEMINA Or che questa bestia non può vederci, entriamo in casa presto. E vedi là, drento all'uscio, Fulvia che ci accenna. Drento, sú!

ATTO QUARTO

SCENA PRIMA

Fulvia, Samia serva.

FULVIA Samia! o Samia!
SAMIA Madoonna!
FULVIA Vien giú presto.
SAMIA Io veengo.
FULVIA Muoviti, trista ti faccia Dio! Muoviti!
SAMIA Eccomi: che vuoi?
FULVIA Va via or ora, truova Ruffo dello spirito e digli che venga a me subito subito.
SAMIA Vo sú pel velo.
FULVIA Che velo? Bestia! Tira via cosí; vola.
SAMIA Che diavol vuol dir tanta rabbia? E' mi par che l'abbia il dimonio in corpo. E pur Lidio dovverria avergliene cavato.
FULVIA Oh fraudolenti spiriti! oh sciocche umane menti! oh ingannata e infelice Fulvia, che, non pur te sola offeso hai, ma ancor chi piú che te stessa ami! Misera a me, che ho quel che cercai e trovato quel che non volea! onde, se lo spirito remedio non ci pone, de uccidermi sono disposta; perché manco amara è una voluntaria morte che una angosciosa vita. Ma ecco Ruffo. Presto saperrò se sperar o disperar mi debbo. Nissuno appare. Meglio è parlarli qui perché, in casa, le panche, le sedie, le casse, le finestre stimo che abbino li orecchi.

SCENA SECONDA

Ruffo negromante, Fulvia.

RUFFO Che c'è, madonna?

FULVIA Le lacrime mie, assai piú che le parole, mostrar ti possono la passion ch'io sento.

RUFFO Parla: che cosa è questa? Fulvia, non pianger. Madonna, che hai?

FULVIA Io non so, Ruffo, se o della ignoranzia mia o de l'inganno vostro doler mi devo.

RUFFO Ah madonna! Che è quel che tu di'?

FULVIA O il cielo o il peccato mio o la malignità dello spirito che stato si sia, non so; ma, una volta, voi avete, oimè! di maschio in femina converso Lidio mio. Tutto l'ho maneggiato e tocco; né altro del solito ritrovo che la presenzia in lui. Ed io non tanto la privazion del mio diletto piango quanto el danno suo; ché, per me, privo si trova di quel che piú si brama. Or hai la cagion di queste lacrime e per te comprender puoi quel che io da te vorrei.

RUFFO Se, Fulvia, il pianto, che mal finger si può, testimonio di ciò non mi facessi, a gran pena ti crederrei. Ma, stimando che vero sia, penso che di te sola doler ti puoi perché io mi ricordo che tu domandasti Lidio in forma di donna. Penso ora che lo spirito, per piú compiutamente servirti, e nel sesso e ne l'abito di donna ha mandato a te lo amante tuo. Ma poni fine al dolor tuo perché chi femina l'ha fatto ancor maschio può rifarlo.

FULVIA Tutta consolar mi sento, parendomi che il fatto passato sia come tu di'. Ma, se tu Lidio mio intero mi rendi, li denari, la robba e ciò che io ho fia tuo.

RUFFO Or che so lo spirito esser ben volto verso te, ti dico chiaramente che lo amante tuo tornerà maschio subito. Ma, per piú non equivocare, dí chiaro quel che vuoi.

FULVIA La prima cosa, che se li renda il coltel della guaina mia, intendi?

RUFFO Benissimo.

FULVIA E che in abito, non in sesso da donna torni a me.

RUFFO Se cosí staman parlavi, non seguiva questo errore: del quale ho però piacere perché tu cognosca quanta sia la potenzia del mio spirto.

FULVIA Tra'mi presto di questa angoscia; ché, s'io nol vedo, non posso rallegrarmi.

RUFFO Non solo il vedrai, ma con mano il toccherai.

FULVIA E tornerà oggi da me?

RUFFO Sono omai venti ore e poco teco star potria.

FULVIA Non mi curo dello stare, pur ch'io veda che maschio sia.

RUFFO E come può non bere chi assetato si trova al fonte?

FULVIA Verrà, dunque, oggi?

RUFFO Lo spirto tel farà venire subito, se vuole. Statti, dunque, avvertente in su l'uscio.

FULVIA Non bisogna questo, perché, venendo da donna, in presenzia d'ognuno può mostrarsi; perché non è chi per maschio il conosca.

RUFFO Basta.

FULVIA Ruffo mio, vivi lieto, ché mai piú povero sarai.

RUFFO E tu non piú scontenta.

FULVIA E quanto posso aspettarlo?

RUFFO Subito che sarò in casa.

FULVIA Ti manderò drieto Samia perché tu me avvisi quel che te ne dice lo spirito.

RUFFO Fa tu. E ricordati che anche lo amante si presenti spesso.

FULVIA Oh! oh! Non curare, ché arà denari e gioie a iosa.

RUFFO Resta in pace. Con gran ragione Amor si dipinge cieco perché chi ama mai il ver non vede. Costei è per amor accecata sí ch'ella s'avvisa che uno spirito possa fare una persona femina e maschio a posta sua: come se altro fare non bisognasse che tagliare la radice de l'uomo e farvi un fesso, e cosí formare una donna; e ricucire la bocca da basso e appiccare un bischero, e cosí fare un maschio. Oh! oh! oh! amatoria credulità Oh! oh! Ecco Lidio e Fannio già spogliati.

SCENA TERZA

Ruffo negromante, Lidio femina, Fannio servo.

RUFFO Vorrei che voi fusse ancor vestiti da donne.
LIDIO FEMINA Perché?
RUFFO Per tornare da lei. Ah! ah!
FANNIO Di che cosí sconciamente ridi?
RUFFO Ah! ah! ah! ah!
LIDIO FEMINA Dí sú: che hai?
RUFFO Ah! ah! ah! Fulvia, credendo che lo spirito abbi converso Lidio in femina, supplica che or maschio ti rifaccia e che te rimandi da lei.
LIDIO FEMINA Be, che gli hai promisso?
RUFFO Che tutto subito si farà.
FANNIO Bene hai fatto.
RUFFO Quando vi tornerai?
LIDIO FEMINA Non so.
RUFFO Tu rispondi freddo. Non vuoi tornarvi?
FANNIO Si farà, sí.
RUFFO Cosí si faccia, perché io gli ho detto, per parte dello spirito, ch'ella spesso ti presenti; e promisso m'ha di farlo.
FANNIO Vi torneremo. Non temere.
RUFFO E quando?
FANNIO Intesa certa nostra faccenda, ci rivestiremo e vi anderemo subito.
RUFFO Non mancar, Lidio. Sin di qua mi par vedere la sua serva su l'uscio. Non voglio che con voi mi veda. Addio. Ma oh! oh! oh! Fannio, odi all'orecchio. Fa che il barbafiorito usi or con Fulvia il pestello, non il mortaro, intendi.
FANNIO Cosí farà. Va via.

SCENA QUARTA

Fannio servo, Lidio femina, Samia serva.

FANNIO Samia esce di casa. Tirati in qua sin che passi.
LIDIO FEMINA Da sé parla.
FANNIO Taci e ascolta.
SAMIA Or va impàcciati con spirti, va! che t'hanno ben concio Lidio tuo.
FANNIO Di te parla.
SAMIA L'han fatto femina e ora lo vogliono far maschio. Oggi è il dí delle tribulazioni sue e delle fatiche mie. E pur, se lo faranno, anderà bene tutto. E presto il saperrò, perché la mi manda ad intenderlo dal negromante; e all'amante prepara di dare di buon denari, come la intende che abbia rifatta quella novella.
FANNIO Hai tu udito de' denari?
LIDIO FEMINA Ho.
FANNIO Or prepariamoci a tornarvi.
LIDIO FEMINA Certo, Fannio, tu se' fuor di te. Tu promesso hai a Ruffo che noi ci torneremo; e non so come vuoi che vada questo fatto.
FANNIO Perché?
LIDIO FEMINA Me ne domandi? Scempio! Come se tu non sapessi ch'io son femina!
FANNIO E poi?
LIDIO FEMINA E poi, dice! Mò non sai tu, sciocco, che, s'io fo prova di me, paleso quel ch'io sono, me stessa offendo, Ruffo perde il credito ed essa scornata resta? Come vuoi che si faccia?
FANNIO Come, ah?
LIDIO FEMINA Come, sí.
FANNIO Ove omini sono modi sono.
LIDIO FEMINA Ma dove non sono se non donne, come saremo ella ed io, non vi sarà già il modo.
FANNIO Tu sei sul burlare, sí?
LIDIO FEMINA Su le berte sei tu. Io parlo da maladetto senno.

FANNIO Quando promissi che tu vi torneresti, a tutto avevo io ben pensato.

LIDIO FEMINA Or dí: che?

FANNIO Non me hai tu detto che in camera scura stesti con lei?

LIDIO FEMINA Sí.

FANNIO E sol con le mani teco parlava?

LIDIO FEMINA Vero.

FANNIO Be', io verrò teco, come dianzi.

LIDIO FEMINA Oh! oh! oh! a far che?

FANNIO Ascolta. Per serva.

LIDIO FEMINA Mel so.

FANNIO Vestita come tu.

LIDIO FEMINA E poi?

FANNIO Quando seco in camera sarai, fingi avermi a dire qualche cosa e fuor di camera vieni. Tu resterai di fuori in loco mio, nota, ed io in tuo scambio entrerò in camera: ove essa, sanza barba trovandomi, al buio non discernerà chi si sia, o tu o io. E cosí crederà che tu maschio ritornato sia; allo spirito si giungerà credito; i denari verranno a iosa; ed io con lei arò quel piacere.

LIDIO FEMINA Ti do la fede mia, Fannio, ch'io non udii mai cosa con maggior astuzia pensata.

FANNIO Adunque, io non errai a dire a Ruffo che noi vi torneremo.

LIDIO FEMINA Non certo. Ma, intanto, saria pur bene intendere quel che a casa nostra si fa di questo mio parentado.

FANNIO Questo è uno procacciar doglia e 'l proposito nostro è fuggire la conclusione.

LIDIO FEMINA Lo allungare non leva via la cosa. A quel saremo domane che oggi semo.

FANNIO Chi sa? Chi scappa d'un punto ne schifa cento. L'andar da Fulvia può giovare; nuocer no.

LIDIO FEMINA Io son contenta. Ma va prima presto a casa, per amor mio, e da Tiresia intendi quello che vi si fa. Torna presto; e subito anderemo da Fulvia.

FANNIO Ben di'. Cosí farò.

SCENA QUINTA

Lidio femina sola.

LIDIO FEMINA Oh infelice sesso feminile, che, non pur alle opere, ma ancora ai pensieri sottoposto sei! Dovendo femina mostrarmi, non sol far ma pensar cosa non so che riuscir mi possa. Deh misera me! Che debb'io fare? Dovunche io mi volto, dalle angosce tanto circundata mi trovo che loco non vedo onde salvar mi possa. Ma ecco di qua la serva di Fulvia che con uno parla. Discosterommi fin che passa.

SCENA SESTA

Fessenio servo, Samia serva.

FESSENIO In fine, che guai son questi? Dí sú.
SAMIA Naffe! Il demonio c'è intrato.
FESSENIO Come?
SAMIA Il negromante ha Lidio converso in donna.
FESSENIO Ah! ah! ah! ah!
SAMIA Tu ne ridi?
FESSENIO Sí, io.
SAMIA Egli è 'l vangelo.
FESSENIO Eh! eh! eh! che sete matte!
SAMIA Tu mi pari una bestia. Cosí è, se tu vuoi o se tu non vuoi. Fulvia l'ha tocco tutto e trovatolo femina; e del solito non gli è rimasto se non la presenzia.
FESSENIO Ah! ah! E come farà, adunque?
SAMIA Tu non credi e però non tel vo' dire.
FESSENIO Sí, fo, per questa croce. Dí pur: come si farà ora?
SAMIA Lo spirito lo rifarà maschio. Vengo dal negromante che m'ha data questa polizza ch'io la porti a Fulvia.

FESSENIO Lassamela leggere.

SAMIA Oimè! non fare, ché forse te ne avverria qualche male.

FESSENIO S'io dovesse cascar morto, vedere la voglio.

SAMIA Guarda, Fessenio, quel che fai. Le son cose da demoni.

FESSENIO Non mi dà noia. Mostra pur qua.

SAMIA Non far, dico. Ségnati prima, Fessenio.

FESSENIO Deh! dà qua.

SAMIA Sí; ma vedi che in ciò sia tu piú muto che un pesce perché, se mai si risapesse, trist'a noi!

FESSENIO Nol pensare. Dà qua.

SAMIA Leggi forte, che intenda anch'io.

FESSENIO «Ruffo a Fulvia salute. Lo spirito sapeva che di maschio era fatto femina Lidio tuo. Meco ne ha riso assai. Tu medesima cagion fusti del suo danno e del tuo dispiacere; ma sta sicura che allo amante tuo rimetterà presto il ramo...»

SAMIA Che dice di ramo?

FESSENIO Che riarà la coda, ha' lo inteso? «... e a te subito ne verrà. E piú dice che egli arde di te tanto piú che prima, che altri che te piú non ama, piú non stima, piú non conosce, piú non ha in memoria. Di ciò non parlare perché gran scandolo ne seguiria. Mandali denari spesso; e cosí allo spirito, per farlo a te grato e a me felice. Vivi lieta e di me te ricorda che fidelmente ti servo».

SAMIA Or vedi s'egli è 'l vero che gli spiriti possino e sappin tutto?

FESSENIO Io resto il piú stupefatto omo del mondo.

SAMIA Voglio portar presto questa buona nuova a Fulvia.

FESSENIO Vatti con Dio. Oh potenzia del cielo! Debbo io però credere che Lidio, per forza de incanti, sia converso in femina e che non amerà né conoscerà se non Fulvia? Altro che 'l cielo nol potria fare. E pur costei dice che Fulvia lo ha tocco con mano. Intendo vedere questo miraculo prima che maschio ridiventi; e poi adorare questo negromante, se cosí trovo. Per questa strada di qua a Lidio me ne vo; ché in casa forse sarà.

ATTO QUINTO

SCENA PRIMA

Samia serva, Lidio femina, Lidio maschio.

SAMIA Bene è vero che la donna è sopra la pecunia come il sole sopra il ghiaccio; che, del continuo, lo strugge e consuma. Non prima lesse Fulvia la polizza del negromante che la mi dette questa borsa de ducati perché io a Lidio suo li porti. E vedilo a punto là. Guarda se l'amica tua, o Lidio, fa il dovere. Non odi, Lidio? Che aspetti? Piglia, o Lidio.

LIDIO FEMINA Eccomi.

LIDIO MASCHIO Dà qua.

SAMIA Uh! uh! trista me! Aveva preso un granchio. Perdonami, messer. Volevo costui, non te. Addio tu. Tu ascolta.

LIDIO FEMINA El granchio pigli tu ora. Parla a me. Licenzia lui.

SAMIA El vero di' tu. La smemorata! Erravo io. Va sano. Tu vieni a me.

LIDIO MASCHIO Che « va sano »? Voltati a me.

SAMIA Oh! oh! oh! A te, sí. Costui voglio, non te. Tu odi. Tu addio.

LIDIO FEMINA Che « addio »? Non di' tu a me? Non son Lidio, io?

SAMIA Madesí. Desso sei tu; tu no. Te cerco io; tu va al camin tuo.

LIDIO MASCHIO Sei fuor di te. Guardami ben. Non son quello, io?

SAMIA Oh! oh! oh! Pur ti conobbi. Tu Lidio sei. Te voglio; te no. Tu sta discosto; tu piglia.

LIDIO FEMINA Che « piglia »? Balorda! Son io; non lui.

SAMIA Cosí è. Erravo io. Tu hai ragione; tu il torto. Tu va in pace; tu togli.

LIDIO MASCHIO Che fai tu, bestia? Par che vogli dargli a lui; e sai che son nostri.

LIDIO FEMINA Che « nostri »? Lassali a me.

LIDIO MASCHIO Anzi, a me.

LIDIO FEMINA Che a te? Lidio son io; non tu.

LIDIO MASCHIO Dàgli qua.

LIDIO FEMINA Che « qua »? Dàgli pur a me.

SAMIA Oh! oh! Per forza non voglio già me li toglia alcuno di voi per ciò che io griderrei ad alta voce. Ma state saldi. Lassatemi ben vedere chi di voi è Lidio. Oh Dio! oh miraculosa maraviglia! Non è alcuno sí simile a se stesso né la neve alla neve né l'uovo a l'uovo come è l'uno all'altro di costoro: tal che non so discernere chi di voi Lidio si sia; perché tu Lidio mi pari e tu Lidio pari, tu Lidio sei e tu Lidio sei. Ma io or ben la ritroverrò. Ditemi: è alcuno di voi innamorato?

LIDIO MASCHIO Sí.

LIDIO FEMINA Sí.

SAMIA Chi?

LIDIO MASCHIO Io.

LIDIO FEMINA Io.

SAMIA Onde vengon questi denari?

LIDIO MASCHIO Da lei.

LIDIO FEMINA Da l'amorosa.

SAMIA Oh fortuna! Ancor non son chiara. Ditemi: chi è l'amorosa?

LIDIO MASCHIO Fulvia.

LIDIO FEMINA Fulvia.

SAMIA Chi è il suo caro amante?

LIDIO MASCHIO Io.

LIDIO FEMINA Io.

LIDIO MASCHIO Chi? tu?

LIDIO FEMINA Io, sí.

LIDIO MASCHIO Anzi, io.

SAMIA Uh! uh! uh! In malora! Mò che cosa è questa? Saldi! Qual Fulvia dite voi?

LIDIO MASCHIO La moglie di Calandro.

LIDIO FEMINA La padrona tua.

SAMIA Tutt'una! Certo, o io sono impazzata o costoro hanno il demonio adosso. Ma aspettate. Or la rinvengo. Ditemi: con che abito andaste da lei?

LIDIO MASCHIO Da donna.

LIDIO FEMINA Da fanciulla.

SAMIA Oh cosa ridicula e dispettosa! Ma oh! oh! a questo la ritruovo. In che tempo ha ella voluto lo amante suo?

LIDIO MASCHIO Di dí.

LIDIO FEMINA Di mezzo giorno.

SAMIA El fistolo de l'inferno non la rinverrebbe. Certo, questa è una trama diabolica cosí condotta da quello spirito maladetto. Meglio è che io, con li denari, a Fulvia me ne ritorni; e diègli poi essa a chi piú gli piace. Sapete voi com'ell'è? Io non so a chi di voi darmegli. Fulvia ben conoscerà il vero suo amante. Però chi di voi quello è a lei se ne venga e da lei li arà. Restate in pace.

LIDIO MASCHIO Non mi vedo nello specchio sí simile a me stesso com'è colui simile al volto mio. A bell'agio saprò chi egli è. E perché queste venture non vengono ogni dí e Fulvia intanto potria pentirsi, in fede mia, meglio è che io, come soglio, spacciatamente da lei ritorni; ché quelli denari non sono pochi. Sí: farò, a fé.

LIDIO FEMINA Or questo è lo amante per cui io son tolta in scambio. Che domin indugia tanto a tornar Fannio? Se qui or fussi, come esso disegnò, torneremmo a Fulvia e forse ci beccheremmo sú quei denari: benché al fatto mio pensar bisogna.

SCENA SECONDA

Fessenio servo, Lidio femina, Fannio servo.

FESSENIO Né per via né in casa ho trovato Lidio.

LIDIO FEMINA Or che debbo fare?

FESSENIO Sin che non mi chiarisco se vero è che femina fatto sia, non sarà ben di me. Ma oh! oh! oh! È e' quello? Non è. Sí, è. Non è desso. È, sí! Molto fantastico parmi.

LIDIO FEMINA Ahi fortuna!

FESSENIO Da sé parla.

LIDIO FEMINA In che laberinto mi trovo io!

FESSENIO Che cosa fia?

LIDIO FEMINA Devo io cosí subito rovinare?

FESSENIO Oimè! che ruina fia?

LIDIO FEMINA Per esser troppo amato...

FESSENIO Che vuol dir questo?

LIDIO FEMINA ... devo io questo abito lassare?

FESSENIO Aimè! Trama fia. E la voce sua parmi abbia preso assai del feminile.

LIDIO FEMINA ... e di questa libertà privarmi?

FESSENIO Sarà pur vero.

LIDIO FEMINA Or sarò io per femina conosciuto e non piú maschio tenuto?

FESSENIO Cascato è ne l'orcio il topo.

LIDIO FEMINA Or da vero Santilla, e non piú Lidio, mi chiamerò.

FESSENIO Misero me! che la cosa è pur vera.

LIDIO FEMINA Sia maladetta la mia mala sorte che morir non mi lassò il dí che Modon fu preso.

FESSENIO Oh cieli avversi! come può questo farsi? Se da lui sentito non l'avessi, mai creduto non l'arei. Lassameli parlare. O Lidio!

LIDIO FEMINA Chi è quella bestia?

FESSENIO Sarà pur vero anco questo, che Lidio non conosca se non Fulvia sua? Bestia chiami me, eh? Come se tu non mi conoscessi!

LIDIO FEMINA Non ti conobbi mai né di conoscerti mi curo.

FESSENIO Adunque, tu non conosci il servo tuo?

LIDIO FEMINA Tu mio servo?

FESSENIO Se per tuo non mi vuoi, sarò d'altri.

LIDIO FEMINA Va in pace, va; ché col vin parlar non intendo.

FESSENIO Col vino non parli tu già; parlo io bene con la smemorataggine. Ma non ti nasconder da me, ché li accidenti tuoi so io bene come te.

LIDIO FEMINA Che accidenti son li miei?

FESSENIO Per forza di negromanzia se' diventato femina.

LIDIO FEMINA Io femina?

FESSENIO Femina, sí.

LIDIO FEMINA Male il sai.

FESSENIO Però chiarir me ne voglio.

LIDIO FEMINA Ah poltron! che vuoi tu fare?

FESSENIO So che io lo vederò.

LIDIO FEMINA Ahi sciagurato! A questo modo, ah?

FESSENIO Con man lo toccherò, se me amazzassi.

LIDIO FEMINA Ah prusuntuoso! Sta discosto. O Fannio! o Fannio! A tempo arrivi; corri qua.

FANNIO Che cosa è questa?

LIDIO FEMINA Questo reo omo dice ch'io son femina; e a mio dispetto vuol cercarmi.

FANNIO Che audacia a far ciò ti muove?

FESSENIO Che pazzia induce te a metterti tra 'l padron mio e me?

FANNIO Questo è tuo padrone?

FESSENIO Mio, sí. Perché?

FANNIO Buono uomo, tu pigli errore. So che né tu a lui servo né egli a te padrone fu mai. A me, sí, bene egli ed io sempre a lui.

FESSENIO Né tu a costui servo né tu a lui padrone fusti già mai. Io, sí, ben tuo servo; tu, sí, bene mio padrone. Io sol il vero dico; voi amendue mentite.

LIDIO FEMINA Maraviglia non è che tu arrogantemente parli, se anche prosuntuosamente operi.

FESSENIO Maraviglia non è che tu ignorantemente mi dismentichi, se anche smemoratamente te stesso non conosci.

FANNIO Parlali dolcemente.

LIDIO FEMINA Io me stesso non conosco?

FESSENIO Messer... volsi dir, madonna, non. Se tu te riconoscessi, me ancor conosceresti.

LIDIO FEMINA Io ben mi conosco. Chi tu te sia non ritruovo già.

FESSENIO Dí, piú correttamente, che tu hai trovato altri e perso te stesso.

LIDIO FEMINA E chi ho io trovato?

FESSENIO Tua sorella Santilla, che ora è in te, sendo tu femina. Hai perso te stesso, perché non sei piú maschio, non sei piú Lidio.

LIDIO FEMINA Qual Lidio?

FESSENIO Oh poveretto, che nulla ti ricorda! Deh! padrone, non ti soviene egli essere Lidio da Modon, figliuolo di Demetrio, fratello di Santilla, discipul di Polinico, padrone di Fessenio, innamorato di Fulvia?

LIDIO FEMINA Nota, Fannio, nota. Fulvia mi è ben ne l'animo e nella memoria.

FESSENIO Mi sapeva bene che sol di Fulvia ti ricorderesti. D'altro no, in modo affatturato sei!

SCENA TERZA

Lidio maschio, Fessenio, Lidio femina, Fannio.

LIDIO MASCHIO Fessenio! o Fessenio!

FESSENIO Che donna è quella che a sé m'accenna? Aspetta, tu, che a te torno ora.

LIDIO FEMINA Fannio, se io sapessi che mio fratel vivo fusse, di speranza non sperata sarei or piena; perché vederei lui essere quello per cui costui me ha colto in scambio.

FANNIO Tu non sai anche lui essere morto.

LIDIO FEMINA Non già.

FANNIO Però certo è che Lidio nostro è quel che e' ci dice; e che è vivo; e che è qua. E quasi quasi mi par raffigurar costui esser Fessenio.

LIDIO FEMINA Oh Dio! Tutto il core, per nuova tenerezza e letizia, mancar mi sento.

FESSENIO Ancor non son ben chiaro se sei tu Lidio o pur quella. Lassa che io meglio ti riguardi.

LIDIO MASCHIO Saresti tu mai imbriaco?

FESSENIO Sei desso, sí; e sei anche maschio.

LIDIO MASCHIO Io voglio, or ora, andar là dove sai.

FESSENIO Orsú! Vanne a Fulvia, va, mercatante di campagna; che darai olio e piglierai denari.

LIDIO FEMINA Or be': che di' tu?

FESSENIO Se cosa fatto o detto t'ho che dispiaciuta ti sia, perdonami; ché or m'accorgo che per il padron mio ti presi in scambio.

LIDIO FEMINA Chi è il padron tuo?

FESSENIO Un Lidio da Modon, tanto a te simile che pensai te esser lui.

LIDIO FEMINA Fannio mio, uh! uh! uh! La cosa è chiara. Come è il nome tuo?

FESSENIO Fessenio, al vostro piacere.

LIDIO FEMINA Felici semo: non c'è piú dubbio. Oh Fessenio mio caro! mio caro Fessenio! mio sei tu.

FESSENIO Che tante carezze? No, no. Per tuo mi vorresti, ah? Se io dissi dianzi esser tuo, mentivo per la gola: né io tuo servo sono né tu mio padron sei. Io altro padrone ho; tu altro servo ti procaccia.

LIDIO FEMINA Tu mio sei ed io tua sono.

FANNIO Deh, il mio Fessenio!

FESSENIO Che voglion dire tanti abbracciamenti? Oh! oh! oh! Trama c'è sotto.

FANNIO Andianne qua da parte, che tutto ti diremo. Questa è Santilla sorella di Lidio tuo padrone.

FESSENIO Santilla nostra?

FANNIO Piano. Essa è. Io son Fannio.

FESSENIO Oh Fannio mio!

FANNIO Non far qui dimostrazion, per buon rispetto. Fermo e cheto!

SCENA QUARTA

Samia, Fessenio, Lidio femina, Fannio.

SAMIA Oimè! uh! uh! uh! trista me! Oh povera padrona mia, che, in un tratto, svergognata e ruinata sei!

FESSENIO Ch'hai tu, Samia?

SAMIA Oh sventurata Fulvia!

FESSENIO Che cosa è questa?

SAMIA O Fessenio mio, ruinati semo.

FESSENIO Che c'è? dí sú.

SAMIA Pessime nuove.

FESSENIO Che?

SAMIA Li fratelli di Calandro hanno trovato Lidio tuo con Fulvia e mandato per Calandro e per li fratelli di lei, che venghino a casa per svergognarla; e forse poi uccideranno Lidio.

FESSENIO Oimè! Che cosa è questa? Oh sventurato padron mio! Lo hanno preso?

SAMIA Non già.

FESSENIO Perché non si è fuggito?

SAMIA Perché Fulvia pensa, prima che Calandro e li fratelli di lei si trovino ed a casa arrivino, che il negromante lo faccia di nuovo femina; e cosí levar la vergogna a sé e il periculo a Lidio. Ove che, se esso fuggendo si salvasse, Fulvia vituperata resteria. Però, volando, mi manda al negromante per questo conto. Addio.

FESSENIO Odi. Fermati un poco. In che luogo di casa è Lidio?

SAMIA Egli e Fulvia nella camera terrena.

FESSENIO Non ha, dirieto, la finestra bassa?

SAMIA Potria, per lí, andarsene a posta sua.

FESSENIO Non per questo ne domando io. Dimmi: sarà, ora, chi impedisca ad alcuno lo ire là drento a detta camera?

SAMIA Quasi nissuno. Tutti son corsi, al rumore, all'uscio della camera.

FESSENIO Samia, questa cosa del negomante è pazzia. Se brami salvare la padrona, torna a casa e, con buon modo, leva de l'andito, se alcuno per sorte vi fusse.

SAMIA Farò quel che di'; ma guarda che la cosa non se ruini affatto.

FESSENIO Non temer. Va via.

LIDIO FEMINA Eimè! Fessenio mio, voglia il cielo che, in uno stante, ritrovato e riperduto mio fratello non abbia e che, ad un tempo, renduta la vita e data la morte non mi sia.

FESSENIO Qui non bisogna lamenti; il caso ricerca che il rimedio sia non men presto che savio. Nissun ci vede. Piglia i panni di Fannio e i tuoi dà a lui. Sú! presto!... Oh! cosí!... Piglia questo. Metti sú... Cosí stai ben troppo. Non dubitare: meco ne vieni. Tu, Fannio, aspetta. A te, Santilla, mostrerò quanto a far hai.

FANNIO In che travaglio ha posto la fortuna il caso di questi due, fratello e sorella! Sarà oggi il maggior affanno o la maggior letizia che avessin mai, secondo che la cosa se butterà. Ben fece il cielo l'uno e l'altra simili, non pur di apparenzia, ma ancor di fortuna. Sono amendue in loco che forza è che uno abbia quel bene e quel male che arà l'altro. Sin che il fine non vedo, né allegrar né attristar mi posso; né timor certo né certa speranza in cor mi siede. Or piaccia al cielo che la cosa a quel fin si riduca che Lidio e Santilla di tanto travaglio e periculo eschino. Io, aspettando quel che avvenir di questo fatto deve, qua da parte mi ritirerò soletto.

SCENA QUINTA

Lidio maschio solo.

LIDIO MASCHIO D'un gran periculo uscito sono; e, a gran pena, io medesimo non so come. Io ero, si può dir, prigione e di Fulvia e di me piangeva l'infelice sorte quando ecco uno, menato da Fessenio, salta in camera dalla finestra di dreto. E subito vestissi de' panni miei e me dei suoi. E fuor me ne ha mandato Fessenio, senza che persona mi abbia visto, dicendomi: – Tutto è acconcio benissimo; sta contento. – In modo che da un grandissimo dolore mi trovo in grandissima contentezza. Fessenio, cosí dalla finestra, rimase a parlare con Fulvia. Bene è che io mi stia cosí, qui intorno, per vedere a quel che si riduce la cosa. Ed oh! oh! oh! Ben va. Lieta comparsa è Fulvia su l'uscio.

SCENA SESTA

Fulvia sola.

FULVIA Travaglio è certo stato per me in questo giorno; ma ringrazio il cielo che di tutti li accidenti felicemente uscita sono. E il fine del periculo presente mi porta incredibile iocundità; perché, non pur ha salvato l'onore a me e la vita a Lidio, ma sarà cagione che con lui potrò essere piú spesso e piú facilmente. Chi ora è di me piú lieto non deve essere mortale.

SCENA SETTIMA

Calandro.

CALANDRO E vi meno perché vediate l'onore che l'ha fatto a voi e a me. E, poi che l'arò tutta pesta, menatela a casa il diavolo, perché non voglio in casa questa vergogna. Guardate se ella è bene sfacciata! che la sta su l'uscio, come la fusse la buona e la bella.

SCENA OTTAVA

Calandro, Fulvia.

CALANDRO Tu sei qui, malvagia femina? ed hai animo di aspettarmici, sappiendo che m'hai fatte le corna? Non so come io mi tenga che io non ti tragga la vita del corpo. Ma prima voglio uccidere, a' tua occhi veggenti, colui che tu hai in camera, ribalda! E poi, con le mie mani, a te cavar gli occhi della testa.

FULVIA Oimè, marito mio! Mò che cosa è quella che te muove a fare me rea femina, che non sono, e te crudele omo, ove fin qui non fusti mai?

CALANDRO Oh svergognata! Ancor hai ardir di parlare? Come se noi non sapessimo che in camera hai, vestito da donna, lo amante tuo!

FULVIA Fratelli miei, costui cerca che vi faccia palese quel che io ho sempre ascoso: cioè la pazienzia mia e li oltraggi che, tuttodí, mi fa questo fastidioso; ché non è moglie sí fedele né peggio trattata come sono io. E che non si vergogna a dire che io li metto le corna!

CALANDRO Sí, che gli è il vero, trista femina! E ora voglio mostrarlo a' tuoi fratelli.

FULVIA Intrate e vedete chi io ho in camera e come questo fiero bacarozzo l'ucciderà. Sú! venite.

SCENA NONA

Lidio maschio solo.

LIDIO MASCHIO Fessenio mio disse la cosa esser acconcia; ma non ne vedo segno e con sospetto ne sto. Colui, con chi Fessenio i panni scambiar mi fece, non conobbi. Fessenio fuor non viene. Calandro, Fulvia minacciando, è intrato in casa. Egli è matto furioso e forse le farà villania. Ma, se romor in casa sento, al corpo di me, ch'i' salterò drento e difenderò lei o per lei morirò. Amante non sia chi coraggioso non è.

SCENA DECIMA

Fannio servo, Lidio maschio.

FANNIO Vedi là Lidio o, vogliam dir, Santilla. Non ha fatto niente. Riscambiamo. Togli li tuoi; rendemi li panni miei.

LIDIO MASCHIO Che scambiamenti di' tu?

FANNIO Sí poco è che scambiare Fessenio ce li fece che pur ricordar te ne dei. Dà qua questi e piglia li tuoi.

LIDIO MASCHIO Mi ricordo, sí, averli scambiati; ma questi non son già quelli ch'io detti a te.

FANNIO Tu non mi pari in te. Mò crederrestú mai che io ne avessi fatto mercanzia?

LIDIO MASCHIO Non mi dare impaccio. Ecco Fessenio.

SCENA UNDICESIMA

Fessenio servo solo.

FESSENIO Oh! oh! oh! bella cosa! Credevon mò, sotto abito di donna, trovare un garzone che con Fulvia si sollazzassi; e volevano uccidere lui e vituperar lei. Ma, trovato che è una fanciulla, tutti si sono rasserenati, tenendo Fulvia la piú pudica donna del mondo. Ed ella con onore ed io con estrema letizia resto. Santilla, da loro licenziata, tutta contenta fuor ne viene. Vedi anche là Lidio.

SCENA DODICESIMA

Santilla, Fessenio servo, Lidio, Fannio servo.

SANTILLA Eh! Fessenio, dov'è mio fratello?

FESSENIO Vedilo là, ancor con li panni che tu li desti. Andiamo a lui. Lidio, conosci tu costei?

LIDIO Non certo. Dimmi chi ella é.

FESSENIO Quella che, in tuo loco, con Fulvia rimase; quella che tanto hai cercato.

LIDIO Chi?

FESSENIO Santilla tua.

LIDIO Mia sorella?

SANTILLA Tua sorella sono; e tu mio fratel sei.

LIDIO Tu sei Santilla mia? Or ti conosco: dessa sei. Oh sorella cara, da me tanto desiderata e cerca! Or son contento; or ho adempiuto il desiderio mio; or piú affanno avere non posso.

SANTILLA Deh, fratel dulcissimo! Io pur te vedo e sento. A pena creder posso che tu desso sia, vivo trovandoti ove io per morto lunga stagion te ho pianto. Or tanto maggior letizia mi porta la salute tua quanto io manco la aspettavo.

LIDIO E tu, sorella, tanto piú cara mi sei quanto io, per te, oggi salvato mi trovo: ove che, se tu non eri, forse ucciso stato sarei.

SANTILLA Ora aranno fine li suspiri e li pianti miei. Questo è Fannio, servo nostro, che sempre fidelmente servito mi ha.

LIDIO Oh! oh! oh! Fannio mio, ben di te mi ricordo. Avendo tu servito a una, te hai due persone obligato; e certo di noi ben contento ti terrai.

FANNIO Maggior contento aver non posso che vivo e con Santilla vederti.

SANTILLA Ché cosí fisso guardi, Fessenio caro?

FESSENIO Ché non vidi mai omo ad omo simile come è

l'uno all'altro di voi. Ed or vedo la cagione per che seguíti son oggi tanti begli scambiamenti.

SANTILLA Vero di'.

LIDIO Belli son certo; e piú che non sapete voi.

FESSENIO Di ciò a bell'agio parleremo. Attendasi oggi a quel che piú importa. Dissi là drento a Fulvia questa esser Santilla tua sorella: di che ella si mostrò oltra modo contenta; e conchiusemi al tutto volere che sia moglie a Flaminio suo figliuolo.

SANTILLA Or mi fai chiara perché ella, là in camera, teneramente baciandomi, disse cosí a me: – Chi di noi piú contento sia non so. Lidio ha trovata la sorella; io la figliuola; e tu il marito.

LIDIO La cosa può tenersi per fatta.

FANNIO Un'altra ce n'è, forse miglior che questa.

LIDIO Quale?

FANNIO Come dice Fessenio, tanto simili sete di persona che non è chi non ci abbi a restare ingannato.

SANTILLA So quel che vuoi dire: che Lidio, da noi instrutto, in loco mio entri e pigli per moglie la figliuola di Perillo la qual voglian dare a me.

LIDIO Ed è chiaro, questo?

SANTILLA Piú chiaro che 'l sole; piú vero che 'l vero.

LIDIO Oh felici noi! Vedi pure che, doppo gran pioggia, viene bellissimo sereno. Staremo meglio che a Modon.

FESSENIO Tanto meglio quanto Italia è piú degna della Grecia, quanto Roma è piú nobil che Modon e quanto vaglion piú due ricchezze che una. E tutti trionferemo.

LIDIO Orsú! Andiamo a fare il tutto.

FESSENIO Spettatori, le nozze si faran domane. Chi veder le vuole non si parta. Chi 'l disagio dell'aspettare fuggir cerca a sua posta se ne vada. Qui, per ora, altro a far non se ha. *Valete et plaudite.*

Note

PROLOGO (*del Castiglione*)

È il prologo che tradizionalmente accompagna la commedia, dalla sua prima rappresentazione, avvenuta in Urbino il 6 febbraio 1513. Lo stesso Castiglione, scrivendone qualche tempo dopo all'amico Lodovico Canossa, ne tracciò rapidamente la storia: « Il *Calandro* di Bernardo nostro è piaciuto estremamente; e perché il prologo suo venne molto tardi, né chi l'avea a recitare si confidava ad impararlo, ne fu recitato uno mio, il quale piaceva assai a costoro » (*Lettere*, I, p. 156, Padova 1769-71).

15 8 *precipue*: latinismo, in modo particolare.

9 *Martino da Amelia*: è lo stolto proverbiale, il tipo che la commedia ha canonizzato. Il riferimento all'origine ne mostra forse la provenienza contadina. Per la sua fortuna nel '500 si veda in Ariosto, *Lena*, atto I, scena I.

11 *a posta sua*: a suo piacere.

12 *vi fia*: vi sarà.

16 *ligate*: in rima. Tutta questa parte del prologo è un manifesto polemico del nuovo modo di scrivere commedie che l'intervento critico del Castiglione esemplifica: la contemporaneità, di cosa vista e udita, di avvenimento accaduto nello spazio piú recente (in opposizione alla tipologia « classica » dello schema plautino e greco in uso sino allora); l'uso della prosa (e non del verso); l'interesse per il linguaggio piú direttamente connesso ai modi della commedia, e perciò in lingua volgare (e non in latino) con venature dialettali.

16-17 *sano gusto*: buon gusto, cioè: se siete raffinati, in grado di gustare questo nuovo modo d'esprimersi.

20 *però che*: giacché, siccome (e cfr. poco innanzi *per ciò che*...) – *ad infiniti*: ad una gran quantità di persone. L'accento si posa polemicamente sull'opposizione tra i pochi spettatori della commedia di genere, latina classica ed in verso, ed i molti della commedia che la *Calandria* esemplifica.

25 *di minor grazia*: tenute in minor gradimento.

29 *ferno*: fecero, ebbero.

32 *intervenga*: succeda, accada.

16 3 *aviamo*: dobbiamo.

5 *staria*: starebbe.

6 *moccicone*: stolto, stupido.

8 *furato*: rubato.

8-9 *facendo... mano*: schioccando le dita, con un gesto che indica la vacuità dell'aria e perciò il nulla. È la terza fase del ragionamento di Baldesar Castiglione: dopo la novità della forma e dei modi della commedia; dopo l'invito a migliorare, usandola a dovere, la lingua volgare; viene questa constatazione della liberazione dallo schema plautino. Liberazione parziale, in verità, come si potrà constatare via via: ma è certo che ormai dell'antico formalismo scenico resta poco, appena una suggestione.

15 *al bargello*: pubblicamente. Il bargello è il luogo ove risiede il capo della polizia: si intenda perciò, con pubblica denunzia.

PROLOGO (*del Bibbiena*)

Seguiamo anche noi i moderni editori che dànno, accanto a quello del Castiglione, il prologo rinvenuto da Isidoro del Lungo il secolo scorso. Nulla indica che potesse esser legato alla *Calandria*, come s'è detto nella nota introduttiva: e se ne potrebbe perciò dare il testo in appendice. Ma, tenuto conto della natura letteraria della commedia, la tematica boccacciana che il testo esemplifica e la dichiarazione di poetica, come comportamento immaginativo, che offre sembrano una ottima ragione per farlo precedere, come una sorta di premessa ideale.

17 4 *ser Giuliano*: colui che aveva posta in scena la commedia, padrone di casa o direttore di scena che fosse. Nulla di lui è dato sapere: certo fiorentino, per la logica stessa della situazione che è subito dopo esemplificata nei vari bozzetti, indica fisicamente la collocazione nella città toscana di questo prologo, e la relativa intelligenza diretta richiesta agli spettatori. È da escludere dunque si tratti del prologo di cui discorre il Castiglione nella lettera al Canossa. – *da camera*: voce forte, capace di farsi intendere in una *camera*, cioè in luogo deputato a pubbliche riunioni, ampio e vasto.

9 *da persona*: da nessuno. L'intera battuta, *Io dormiva... persona*, richiama il Boiardo: « Ma sua virtú facea l'omo invisibile, | Se al manco lato in bocca se portava: | Portato in dito ogni incanto guastava » (*Orlando innamorato*, I, I, 39): qui però il motivo si intreccia strettamente al ricordo del Calandrino boccacciano.

10 *pigolòni*: che piagnucolano.

17 13 *grosso*: una moneta d'infimo valore. – *tanaglie di Nicodemo*: è un'immagine pressoché proverbiale tratta dall'iconografia cristiana: Nicodemo, secondo il passo evangelico (Giovanni, 19, 39) vi appariva, durante la deposizione, munito di grosse tenaglie.

15 *marcio quatrino*: lercia monetucola.

17 *tengano a patti quasi*: arrivano quasi al punto di.

24 *lo schizzinoso*: schizzinosità.

26 *a' ferri*: al sodo, al fatto.

18 1 *andassi via*: uscisse di casa.

11 *giotto*: ghiotto. – *la state*: d'estate, quando fa caldo.

13 *me'*: meglio, migliore.

26 *notticon*: spender la notte, notticare, ma si ricordi il modo *sgatton*.

30 *cervellinuzza*: sventata.

37 *dappochello*: stupido (e si veda subito dopo *dappocaggine*: stupidità).

19 1 *brigante*: amante. Cfr. Boccaccio, *Decameron*, VI, X, 7.

5 *rachetava*: quietava.

8 *vavvi*: vacci.

21 *puppe*: seni.

26 *spigolista*: ossuta, tutta spigoli.

33 *sbiancata*: bianchiccia.

35 *pezzetta di levante*: il panno per tingere di rosso le guance, di provenienza levantina.

36 *una mascara modanese*: come ricorda G. M. Cecchi, *Le Maschere*, prologo, 17-19, Modena deteneva il primato nella fabbricazione delle maschere, sino al punto da divenire un riferimento proverbiale di eccellenza.

38 *maggio*: ramo fiorito.

20 5 *Diacin*: diavolo. È l'esclamativo « vacci al diavolo » contratto e con assonanza a domine (*diacine*).

11 *manco schifo*: meno schifoso.

12-13 *presso... dissi*: stavo per dire.

18 *procurano*: curano troppo.

19 *liscio*: unguento, belletto per *lisciarsi*, cioè per agghindarsi.

22 *aqua d'angioli*: acqua profumata.

34 *l'aconciatura*: la disposizione di spirito in cui vi eravate posti.

38-39 *arà una bazza*: avrà un bel successo.

21 5 *quel manco*: per nulla.

13 *una gocciola*: poco, un nonnulla.

ARGUMENTO

21 15 *Modon*: Modone, la città del Peloponneso, nel 1500 era stata strappata dai Turchi ai Veneziani. È quel richiamo a fatti contemporanei preannunciato dal Castiglione: ma dietro è chiaramente ancora presente lo schema della commedia classica: città invase, schiavitú ed esilio, come molla delle successive vicende.

22-23 *Porcari*: si riferisce, probabilmente, alla famiglia ricordata dal Castiglione (*Cortegiano*, II, 62) proprio nella persona di Antonio, e di cui il Bibbiena fu amico.

29 *morto*: ucciso.

22 14 *terra*: città. La battuta si riferisce alla scenografia, che Roma doveva rappresentare. Sullo scenario della *Calandria*, in Urbino, e sugli edifici che vi compaiono si veda L. Magagnato, *Teatri italiani del '500*, Venezia 1954, pp. 26-27.

ATTO PRIMO

Scena prima

23 6 *quietarci*: fermarci, riposarci.

8 *gli*: a lei.

21 *misse*: mandò.

27 *mostro*: mostrato.

30 *maliastre*: donne che fanno malie e incantesimi, maliarde.

24 7 *ruina*: disgrazia.

8 *per che... schermire*: bisogna che mi prepari a difendermi.

9 *impossibilità*: l'impossibile.

18 *Momo*: è la divinità che rappresenta il biasimo, e qui sta a rappresentare il pedagogo ipercritico e perennemente messo in ridicolo. La figura di Polinico risale a Plauto, cfr. *Bacchides*, e il personaggio di Ludus.

19 *Apparso... fia*: si avvicina il pericolo. Si riteneva che l'apparire dei delfini fosse il segno di un approssimarsi della tempesta: di qui il proverbio citato da Fessenio.

Scena seconda

25 3 *pedagogarie*: le ragioni (sciocche) dei pedagoghi.

17 *reputato*: stimato.

18-19 *di maggior... non è*: di un uomo che abbia piú nobiltà della sua. Cfr. Boccaccio, *Decameron*, I, V, 4: «Nelle donne è grandissimo avvedimento di sapersi guardare dell'amore di maggiore uomo ch'ella non è... » L'intera scena è un intreccio d'espressioni e temi boccacciani, a dimostrazione del contegno formale cui s'è fatto cenno nella nota introduttiva.

25 33 *puole*: può, modo popolare toscano.

26 7 *gridare co' tuoni*: parlare invano. È notevole la quantità di citazioni proverbiali presenti in questa scena, tipica dell'intera commedia: proverbi e riporti letterari sono ribaltati su un piano unico, materiali da manipolare secondo un unico comportamento formale.

12-13 *fumma... orso*: ancora un proverbio: quando l'ira è al colmo e sta per sbottare.

17 *picciol pelo*: anche il piú umile ha la sua capacità d'adirarsi.

21 *E dà... pace*: è ancora un proverbio, per il quale vale la spiegazione del Varchi, *Ercolano*, 87, proposta da N. Borsellino, *Commedie del Cinquecento* cit., II, p. 28: « favellare umilmente, e dir cose mediante le quali si possa comprendere che alcuno cali e voglia venire agli accordi ».

25-26 *Ogni... non mai*: è facile, quando il male è ancora agli inizi, strapparlo via; quando è ormai incallito non è piú possibile.

32-33 *suspezione*: sospetto, gelosia.

27 5 *attendi*: ascolta, da' retta.

6 *gli è delicata robba*: è un bel genere, costui: naturalmente il tono è sarcastico.

14 *al tempo*: alle circostanze. È la filosofia, di marca boccacciana, che circola in tutta la commedia: dell'intelligenza che affronta e dirime con furberia e malizie i casi che di volta in volta gli stan dinnanzi, senza schemi preconcetti. Può esser interessante rilevare, proprio a questo punto, come in realtà questo gioco libero e agito prontamente dall'intelligenza, tenda a disporsi in una sorta di formalismo cortigiano e, di conseguenza, notare la riduzione di intelligenza a furberia, a schema letterario e linguistico.

15-16 *Te annunzio*: ti avverto che.

23 *Mentre che... battezzi*: mentre affermi di esser savio, ti riveli un folle. – *intituli*: ti proclami, ti definisci. – *battezzi*: ti riveli pubblicamente.

29 *per quattro « cuius »*: per un poco di latino che sai.

31 *da te in fuora*: te eccettuato.

28 7-8 *Non puole... bue*: ancora un proverbio: non riesce ad ottenere una piccola cosa e ne pretende una grande.

9 *fia*: sarà.

12 *apparienza*: atteggiamento, comportamento esterno.

14 *Gran... pigli*: ti sbagli di grosso.

17 *« etiam »*: persino (dopo che è morta).

28 23 *Piú... luna*: è un modo di dire, tratto da un gioco fanciullesco, per indicare che chi ha parlato ha taciuto una parte del suo pensiero.

24 *inferire*: dedurne.

28-29 *Allo essere... questa corte*: la battuta di Fessenio, ed anche la seguente *Non sappiam noi che le donne...*, sembrano alludere al costume omosessuale del tempo: la corte è quella romana, per ciò che è stato detto nell'*argumento*.

29 5 *manco riceva*: accolga meno.

6 *operazione in contrario*: un comportamento contrastante.

8 *ricordi*: consigli, ammaestramenti. – *tòrsi via*: sciogliersi. Per l'intera battuta si confronti *Decameron*, IV, VIII, 4: « E per ciò che tra l'altre naturali cose quella che meno riceve consiglio e operazione in contrario è amore, la cui natura è tale che piú tosto per sé medesimo consumar si può che per avvedimento alcuno tôr via ».

12-13 *or... si trovi*: è probabile allusione al papa Giulio II, Giuliano della Rovere, che il Moncallero, *Il cardinale*... cit., p. 597, definisce « di sí indomita energia e rude impetuosità da esser proverbiale ». Ma l'accentuazione ironica è forse piú forte se si riflette che nel tempo della composizione della commedia il Bibbiena sta già brigando a favore del suo signore perché succeda a Giulio II sul trono pontificio, e che, se si preferisce pensare alla reazione degli spettatori della prima rappresentazione urbinate, l'allusione cade sul predecessore di Giovanni de' Medici, da poco insediato.

25 *ventura*: membro virile. Cfr. *Decameron*, VIII, II, 31.

28 *il pensiero*: la cura.

30-31 *finge il buono*: si atteggia a persona perbene. In senso ironico.

Scena terza

30 5 *castrone*: imbecille. – *becco*: cornuto. Il valore della battuta è strettamente legato al rapporto che le due parole istituiscono tra senso metaforico e senso concreto.

10 *averci... opera*: essermi dato molto da fare.

15 *Si vuol*: bisogna.

19 *scempie*: stolte, folli.

20 *lavaceci*: gonzo.

21 *castronarie*: imbecillità, cose degne d'un vitello castrato.

24 *Salamone... Seneca*: l'esempio e l'intero passaggio sono in Boccaccio, *Decameron*, VI, X, 16.

26 *fatti suoi*: ciò che va facendo, il suo comportamento.

27 *s'avisa*: si ritiene. Cfr. ancora *Decameron*, VI, X, 16-18 per tutta questa parte.

30 31 *Martino d'Amelia*: è il personaggio già citato per la sua balordaggine nel prologo del Castiglione.

31-32 *Giovan Manente*: un altro esemplare tipico d'allocco. E pare sia esistito, stando ad alcuni componimenti di Pietro Aretino, una pasquinata ed un sonetto, diretti contro un Manente che si trova ad esser poi difeso in una lettera del 1537, sempre dell'Aretino, presso l'amministrazione di una lotteria avvenuta in Venezia. Per la bibliografia relativa cfr. N. Borsellino, *Commedie del Cinquecento* cit., II, p. 34.

Scena quarta

31 26 *acconcia*: disposta.

27 *attento*: a ciò che da lei t'aspetti, al tuo intento.

32 *Bufalo*: stupido.

32 2 *grosso*: idiota.

12 *morti*: innamorati perdutamente.

14 *trama c'è*: c'è sotto qualcosa.

Scena quinta

33 5 *canti*: è un evidente equivoco comico di Samia per *incanti*.

Scena settima

34 19 *babuasso*: gran babbeo, scemo.

20 *l'asino... scimie*: cioè, uno stolto capitato tra sfacciati.

23 *pania*: tranello.

29 *'l fatto suo*: cioè: Santilla.

30 *Maremma*: nel Boccaccio il termine è una deformazione di mare e indica un luogo immaginario e dilatato che rappresenta l'intero mondo. Cosí in *Decameron*, IV, II e VI, V; cfr. in un uso analogo *Gli Ingannati*, atto IV, scena I: «Tutta la nobiltà della Maremma è in voi!»

35 19 *Madesine*: forma contratta («mai Dio sí») usata come rafforzativo enfatico di sí.

26 *Orlando*: anche nei poemi cavallereschi, da cui la citazione deriva, è il personaggio proverbialmente saggio e ricco di cultura.

36 14 *none*: non. Si intenda: devo proprio recarmi là.

Scena ottava

18 *Non deve l'omo*: consueta formula impersonale: non si deve.

20 *abbi uno spirito*: possa evocare, comandare ad uno spirito.

36 22 *lo stringa*: lo costringa, lo obblighi.
28 *in paro*: per bene.

ATTO SECONDO

Scena prima

37 11 *venture*: occasioni.
12 *mostro*: mostrato.
16 *ci conveniva*: dovevamo.
28 *attinga*: giunga a comprendere, a sentire. – *quel che*: ciò di cui.

Scena seconda

38 25 *Discretamente*: saggiamente.
29 *se*: anche se.

Scena terza

39 24 *novellamente*: appena da ora.
32-33 *buttando... punti*: gettando figure e segni capaci di indovinare il futuro.
33 *avendo... chiromanzia*: sapendo esercitare l'arte del chiromante.
40 13-14 *Ma... farlo*: ma se deciderò di farlo non verrò poi meno al mio proposito, dal momento che ho fiducia nella tua mediazione.
27 *aría... ad*: dovrebbe.
33 *la vole*: lei vuole, forma popolare toscana.
41 3 *animo*: decisione.

Scena quarta

23 *risolveremo... sí*: assicureremo a Ruffo che siamo del tutto d'accordo.

Scena quinta

42 10 *Sta... in fantasia*: pensa.
13 *Ve è volto*: è deciso a ciò.
16 *stringilo*: costringilo.
18 *da mò*: fin da ora.

Scena sesta

43 14 *la vuol*: lei desidera.

18 *gote vino e ricotta*: guance rosse come il vino e bianche come la ricotta. È consueto motivo del ritratto femminile divulgato dalla novellistica.

21 *accatta*: acquista.

44 2 *moccicon*: dappoco, moccioso.

16 *enterriano*: entrerebbero.

17 *scommettesse*: togliessero dal loro posto, dalle connessioni.

19 *a suolo a suolo*: a strati. Cfr. *Decameron*, introd., 42: « ... Come si mettono le mercatantie nelle navi a suolo a suolo ».

22-23 *rinchiava*: torna a chiudere a chiave la porta; quindi: rimette a posto.

33 *non cappia*: non stai dentro.

45 2 *mosterrò*: mostrerò. – *in un tratto*: subito, immediatamente.

46 13 *altrimenti*: per nulla.

Scena settima

22 *spiato*: sospettato.

Scena ottava

47 9 *Non cape in sé*: non sta nella pelle.

28-29 *a casa... manderanno*: mi manderanno a casa del diavolo, all'inferno.

48 1-2 *in ordine*: pronti.

Scena nona

15 *novella*: nuova impresa. Cioè giacere con Calandro. – *scanfarda*: prostituta.

16 *di sí grossa pasta*: cosí grossolano, sciocco.

17 *gocciolone*: dappoco, babbeo; cfr. nel prologo del Castiglione e all'atto II, scena II, *moccicone* con senso analogo.

23 *Meglio del mondo*: perfettamente.

28 *salatissimo quesito*: intelligentissima domanda.

34 *Cagna!*: caspita!

49 6-7 *Mille... canta*: la battuta volutamente esagerata vuol mettere in ridicolo la sciocchezza di Fessenio; *millanta* è deformazione per mille, indica cioè un numero grandissimo. L'intera espressione *mille millanta* è iperbolica. Per la battuta, e la can-

tilena che ne sottolinea l'umore, cfr. *Decameron*, VIII, III, 15: « Hàccene piú di millanta, che tutta notte canta ».

49 12 *chi morirà me?*: chi mi darà la morte?

15 *una favola*: una sciocchezza. Cioè: è facilissimo.

18 *cortese*: incrociate.

50 8 *buaccio*: peggiorativo di bue: imbecille.

26 *galantemente*: in modo grazioso.

37-38 *in villa*: fuori città, in campagna.

39 *fanno di mestiero*: abbisognano.

51 6 *Intendeva quella novella*: è un evidente doppio senso facilmente chiaribile con la battuta ad inizio di scena: *al far quella novella*, cioè giacere con Calandro.

12 *vezzosa porca*: la *scanfarda* ricordata ad apertura di scena.

Scena decima

28 *vedello*: vederlo.

ATTO TERZO

Scena prima

52 5 *apicchi*: appiccichi; cioè: chi vuole acquisire.

15 *schifo*: schifoso. – *Bramante*: il re dei saraceni che Carlo Magno uccise in uno scontro. Cfr. per ciò che riguarda codesto personaggio lo Pseudo Turpino e in particolare Andrea da Barberino nei suoi *Reali di Francia*. Non ha senso riferire il richiamo a Donato Bramante, contemporaneo del Bibbiena certo, ma cui non si comprende perché dovrebbe essere indirizzato il paragone; tanto piú che leggere *schifo* come schifiltoso, appartato, porterebbe fuori senso la battuta.

17 *conto*: fine.

18 *ordinato*: assoldato.

21 *castron*: stupido. Il senso della frase però sta nel gioco di parole: *castrone* (agnello castrato) e *troia* (maialessa), quindi con una pregnanza piú letterale al doppio senso dell'immagine evocata, segno di un'attenzione linguistica sempre vivamente presente.

Scena seconda

53 8 *robba da te*: che ben fa per te.

19 *baghero*: moneta di scarsissimo valore.

24 *Mò... mi?*: che ne so io? Le frasi di questo personaggio hanno inflessioni ora di tipo veneto e ora lombardo: forse per ren-

dere una dizione di modi genericamente bergamaschi, come voleva la tradizione teatrale del servo, di solito originario di quella città.

53 28 *Non l'ho... mi*: correggiamo sulla scorta di un'utile indicazione del Borsellino, *Commedie del Cinquecento* cit., II, p. 56, la lezione del Sanesi, adottata pure dal Borlenghi: « Non l'ho visto o verto mi », la quale segue fedelmente le stampe del tempo. La ragione è di senso: *verto* si può pensare significhi anch'esso aperto, ma non si comprende il perché della disgiunzione di *o*.

30 *El... pagni*: mi hanno detto che conteneva seta e panni.

34 *crezo*: credo.

35 *perdute*: devono essere sequestrate, perché soggette a gabella e non dichiarate.

54 2 *soni*: picchi, bastoni.

29 *tocco*: toccato.

Scena terza

55 9 *merto*: ricompensa. L'intera frase è un proverbio popolare.

17 *domin*: sta per diavolo: e che diavolo era?

24 *Mio danno*: possa accadermi qualcosa di male se...

56 9-10 *non pigliasse... fatica*: non ti darai un poco da fare.

23 *cestoni*: cioè le some; si intenda: mi farei pure asino.

Scena quarta

57 4 *a chi*: al quale.

Scena quinta

58 19 *A che il comprendesti?*: come l'hai capito?

59 1 *Se... vai*: ti va bene se non giunge ad odiarti.

18 *ristorarla*: trovarne compenso.

21 *chi mi tiene?*: in tutta la scena vi è una ripresa dei motivi e degli sfoghi di malmaritamento dedotti dal Boccaccio: cfr. ad esempio *Decameron*, III, VI, e piú particolarmente, III, V.

22-23 *non... me*: non poteva piegare lo spirito a mio favore.

23 *ministri*: coloro che devono eseguire gli ordini.

24 *tocca*: interessa personalmente, riguarda.

24-25 *commodo*: adatto.

25 *effetto*: affetto.

29-32 *Le parole... possibile*: cfr. *Decameron*, X, V: « Le parole per gli orecchi dal cuore ricevute hanno maggiore forza che molti non stimano, e quasi ogni cosa diviene agli amanti possibile ».

Scena sesta

60 8 *quando mai si sapesse*: fosse noto alla gente.

9 *appagata*: ripagata.

10 *robba*: denaro.

12 *Parti*: ti sembra. – *l'abbia*: lei abbia.

Scena settima

24 *discosto*: lontano da qui. – *dirizzo*: dirigo.

28-29 *e, se pur... pentirsi*: è un proverbio citato in *Decameron*, III, V, 31.

Scena ottava

61 7 *spenditore*: addetto agli acquisti.

12 *sieno apparecchiati*: cfr. *Decameron*, I, IV, 15: « Deh, perché non prendo io del piacere, quando io ne posso avere, con ciò sia cosa che il dispiacere e la noia, sempre che io ne vorrò, siano apparecchiati? »

Scena nona

20 *misteri*: spettacoli, trame.

Scena decima

62 19 *Scuoto... posso*: l'intera scena è boccaccesca ed avrà fortuna in tutta la commedia del Cinquecento. Cfr. per questa battuta *Decameron*, III, IV, 25: « Gnaffe, marito mio, io mi dimeno quanto io posso ».

Scena undicesima

63 4 *dubiosa*: pericolosa.

3-5 *Or vedo... ama*: cfr. *Decameron*, VII, IX, 3: « Io non credo, reverende donne, che niuna cosa sia, quantunque sia grave e dubbiosa, che a far non ardisca che ferventemente ama ».

14 *riduce*: giunge, arriva.

Scena dodicesima

22 *le some*: i bagagli, ma è evidente il doppio senso della frase, di carattere osceno.

23 *fresco cavalieri in battaglia*: cfr. *Decameron*, III, VI, 37: « Non meraviglia che stanotte tu non mi appressassi; tu aspettavi di scaricar le some altrove, e volevi giunger molto fresco cavaliere in battaglia ».

64 8-9 *Non abbia... vendico*: cfr. *Decameron*, V, X, 39.
13 *mondano*: terrestre.
17 *stella Diana*: Venere, simbolo per eccellenza della bellezza femminile.
18 *Quintadecima*: la luna piena.
18-19 *fata Morgana*: è il personaggio del ciclo di Artú.

Scena tredicesima

28-29 *Ogni sapienzia... alla tua*: è ancora un diretto richiamo al Boccaccio, VIII, IV, 3-4.

Scena quattordicesima

65 6 *sgraziata*: sfortunata.
11 *ricordi*: ammonisci.
14 *Corre... percossa*: è un modo proverbiale, del tipo: la lingua batte dove il dente duole. – *Ho*: sí, l'ho trovato.
66 3 *Cosí mi pare*: è ciò che penso di fare.

Scena quindicesima

16 *Tu stai*: tu indugi.
17 *al gitto*: su due piedi.
19 *bazzicature*: sciocchezzuole.
28 *tribulo*: una pianta spinosa.
67 4 *apparato*: pronto.

Scena sedicesima

29 *da buon senno*: davvero, sul serio.

Scena diciassettesima

68 20 *piú*: diverse volte. – *la pratica*: sottint. amorosa.
26 *Avvertisci*: stai attento.
30 *in punto*: pronti.
69 11 *importa*: significa. – *merdafiorito*: è uno scambio comico con ermafrodito.
22 *guagnele*: vangeli.
25 *per quello*: quindi, perciò.
28 *la te*: ella ti.
32-33 *con la fronde del porro*: modo proverbiale: con un qualcosa che non chiude.
70 2 *lo attento suo*: ciò che desiderava, quanto si aspettava.

70 4 *Ben sai*: parli bene, dici giusto.

5 *In un tratto*: subito.

Scena diciannovesima

71 1 *bubole*: sciocchezze.

3 *presso ch'io non dissi*: ero sul punto di dire.

11 *fermo*: fermato.

Scena ventesima

19 *trarrà*: sborserà.

29 *accenna*: mi chiama.

Scena ventiduesima

72 26-27 *da altro che da calze*: che merita un compenso maggiore che non un paio di calzoni.

28 *Tira via*: allontanati.

73 2 *uccellaccio*: sciocco, allocco.

4-5 *fermarla... sorella*: confermarle la promessa fatta per sua sorella.

6 *Hanno viso*: appaiono, mostrano.

Scena ventitreesima

14 *galante sole*: la bella Lidio.

16 *da mattina*: mattino.

17-19 *vetturali... barbieri... mercante*: indicano un modo d'esprimersi plebeo, volgare.

30 *Pillera*: pillola. L'esclamativo evidenzia con il suo errore di pronunzia il disappunto.

ATTO QUARTO

Scena seconda

76 15 *presenzia*: aspetto esterno.

18 *per te*: da solo.

34-35 *se li renda... mia*: è un evidente doppio senso. *Se li*: gli si restituisca, gli venga resa.

77 17 *avvertente*: all'erta in modo da avvertire.

28 *si presenti*: faccia omaggi, donativi.

36 *fesso*: taglio, incisione.

Scena quarta

79 22 *Scempio*: stupido.
35 *berte*: burle.
35-36 *maladetto senno*: in modo estremamente serio.
80 20 *giungerà*: aggiungerà.
31 *allungare*: tardare. – *A quel*: sottinteso: punto.
32 *che*: in cui.
33 *schifa*: evita.

Scena sesta

81 14 *Naffe*: esclamazione (cfr. *gnaffe*) per: in mia fé.
20 *vangelo*: l'assoluta verità.
30 *polizza*: letterina, breve.
82 20 *riarà*: riavrà.

ATTO QUINTO

Scena prima

85 4 *la rinvengo*: ritrovo la verità.
12 *El fistolo*: il demonio.
23 *spacciatamente*: subito, immediatamente.

Scena seconda

86 3 *fantastico*: curioso, strano.
14 *Trama*: inganno.
20 *Cascato... topo*: cioè è in una situazione senza vie d'uscita.
26 *farsi*: accadere.
38 *col vin*: con chi è ubriaco.
87 19 *mio dispetto*: mio malgrado. – *cercarmi*: tastarmi, palparmi.
88 17 *in modo*: a tal punto.

Scena terza

24 *non sperata*: inattesa, insperabile.
25-26 *per cui... scambio*: con il quale mi ha scambiato.
29 *quel che*: colui che.
89 1 *ben chiaro*: ben certo.
7 *che... olio*: è evidente il doppio senso.
33 *rispetto*: prudenza.

Scena quarta

90 23 *Ove che*: mentre.

25 *per questo conto*: per questo motivo.

91 3 *leva de l'andito*: fai sgombrare.

11 *non bisogna*: non ci vogliono.

21-22 *in loco*: in tale situazione.

22 *che forza è che*: che è inevitabile.

Scena quinta

92 8-9 *a quel che si riduce*: a che punto giunge, come va a finire.

Scena settima

23-24 *a casa il diavolo*: è la consueta omissione del genitivo: a casa del diavolo.

Scena ottava

93 9-11 *Oimè... mai*: cfr. *Decameron*, VII, VIII: « Oimè, marito mio, che è quel che io odo? perché fai tu tener me rea femina con tua gran vergogna, dove io non sono, e te malvagio omo e crudele di quello che tu non se'? » Da questa novella è pure ricavato lo stratagemma che befferà Calandro.

23 *bacarozzo*: blatta, babbeo.

Scena nona

26 *acconcia*: sistemata.

Scena dodicesima

95 14 *cerca*: cercata.

20 *salute*: salvezza.

96 8 *conchiusemi*: e mi convinse. – *al tutto volere*: a desiderare interamente, del tutto.

Indice

Atto terzo

Atto quarto

Atto quinto

Stampato da Elemond s.p.a., Editori Associati
presso lo Stabilimento di Martellago, Venezia

C.L. 6254

Ristampa	Anno
10 11 12 13 14 15	1998 1999 2000

Collezione di teatro

1 Musil, *Vinzenz e l'amica degli uomini importanti*.
2 Orlando, *L'annaspo*.
3 Adamov, *La primavera '71*.
4 Dürenmatt, *Il matrimonio del signor Mississippi*.
5 Ibsen, *L'anitra selvatica*.
6 Goldoni, *Il servitore di due padroni*.
7 Ionesco, *La Cantatrice calva*.
8 Shakespeare, *Amleto*.
9 Shakespeare, *Otello*.
10 Brecht, *Vita di Galileo*.
11 Binazzi, *Il male sacro*.
12 Osborne, *Ricorda con rabbia*.
13 Ghelderode, *Escuriale - La scuola dei buffoni*.
14 Brecht, *L'opera da tre soldi*.
15 García Lorca, *Nozze di sangue*.
16 Shakespeare, *Giulio Cesare*.
17 Shakespeare, *Antonio e Cleopatra*.
18 Gogol', *L'ispettore*.
19 Brecht, *La resistibile ascesa di Arturo Ui*.
20 Della Valle, *Iudit*.
21 Lessing, *A ciascuno il suo deserto*.
22 Ionesco, *Il Pedone dell'Aria - Delirio a due*.
23 Brecht, *Terrore e miseria del Terzo Reich*.
24 Brecht, *I giorni della Comune*.
25 Ruzante, *La Moscheta*.
26 Brecht, *Madre Courage e i suoi figli*.
27 Dursi, *Stefano Pelloni detto il Passatore*.
28 Billetdoux, *Si va da Törpe*.
29 Ibsen, *Casa di bambola*.
30 Goldoni, *Il bugiardo*.
31 Cocteau, *Orfeo*.
32 Ionesco, *Il Re muore*.
33 Machiavelli, *La Mandragola*.
34 De Filippo, *Natale in casa Cupiello*.
35 De Filippo, *Questi fantasmi!*
36 De Filippo, *Filumena Marturano*.
37 De Filippo, *Le voci di dentro*.
38 García Lorca, *Yerma*.
39 Brecht, *Un uomo è un uomo*.
40 Cechov, *Tre sorelle*.
41 Brecht, *Ascesa e rovina della città di Mahagonny*.
42 Brecht, *Tamburi nella notte*.
43 Osborne, *Lutero*.
44 Brecht, *Il cerchio di gesso del Caucaso*.
45 Brecht, *Švejk nella seconda guerra mondiale*.
46 Sartre, *Le mani sporche*.
47 De Filippo, *Napoli milionaria!*
48 Casona, *La Dama dell'Alba*.
49 Böll, *Un sorso di terra*.
50 Miller (Henry), *Proprio pazza per Harry*.
51 Hubay, *Silenzio dietro la porta*.
52 Prosperi, *Il Re*.
53 Musil, *I fanatici*.
54 Goering, *Battaglia navale*.
55 Cocteau, *I parenti terribili*.
56 Miller, *Il crogiuolo*.
57 Beckett, *Aspettando Godot*.
58 Ionesco, *Il rinoceronte*.
59 Bruno, *Candelaio*.
60 Goldoni, *Le baruffe chiozzotte*.
61 Kipphardt, *Sul caso di J. Robert Oppenheimer*.
62 Antonicelli, *Festa grande di aprile*.
63 Ignoto veneto del Cinquecento, *La Venexiana*.
64 Sciascia, *L'onorevole*.
65 Ghelderode, *Magia rossa - La Ballata del Gran Macabro*.
66 De Filippo, *L'arte della commedia* seguito dall'atto unico *Dolore sotto chiave*.
67 Pinget, *Qui o altrove* seguito dagli atti unici *Arcicoso* e *L'ipotesi*.
68 Mrożek, *Il tacchino*.
69 Molière, *Il signor di Pourceaugnac*.
70 Williams (Tennessee), *I «blues»*.
71 Brecht, *L'anima buona del Sezuan*.
72 Shakespeare, *Troilo e Cressida*.
73 Maggi, *I consigli di Meneghino*.
74 Wesker, *La cucina - Patatine di contorno*.
75 García Lorca, *La casa di Bernarda Alba*.

76 Shakespeare, *Re Enrico VI*.
77 Williams (Tennessee), *La notte dell'iguana*.
78 Croce, *La Farinella*.
79 Euripide, *Eracle*.
80 Aub, *L'impareggiabile malfidato* seguito da *Il ritorno* e *I morti*.
81 Ruzante, *L'Anconitana*.
82 Dubillard, *Ingenue rondinelle*.
83 Vinaver, *Iphigénie Hôtel*.
84 Goldoni, *La locandiera*.
85 Čechov, *Il giardino dei ciliegi*.
86 Kezich, *La coscienza di Zeno*. (Dal romanzo di Italo Svevo).
87 Miller, *Incidente a Vichy*.
88 De Filippo, *Uomo e galantuomo*.
89 Vitrac, *Victor o I bambini al potere*.
90 O'Neill, *Arriva l'uomo del ghiaccio*.
91 Goldoni, *La bottega del caffè*.
92 Adamov, *La politica degli avanzi*.
93 Ginzburg (Natalia), *Ti ho sposato per allegria*.
94 De Filippo, *Non ti pago*.
95 Osborne, *Prova inammissibile*.
96 Molière, *Don Giovanni o Il convitato di pietra*.
97 Tana, *'L Cont Piolet*.
98 Frassineti, *Il tubo e il cubo*.
99 Levi (Primo), *Se questo è un uomo*.
100 Brecht, *Santa Giovanna dei Macelli*.
101 Shakespeare, *Romeo e Giulietta*.
102 Shakespeare, *La tempesta*.
103 Osborne e Creighton, *Epitaffio per George Dillon*.
104 Schwarz, *Il drago*.
105 Brown, *La Prigione*.
106 Weiss, *L'istruttoria*.
107 O'Casey, *Rose rosse per me*.
108 Caro, *Comedia degli Straccioni*.
109 Shakespeare, *Macbeth*.
110 Shakespeare, *Re Lear*.
111 Lessing, *Commedia con la tigre*.
112 Gombrowicz, *Il matrimonio*.
113 Brecht, *Il signor Puntilla e il suo servo Matti*.
114 Bibbiena, *La Calandria*.
115 De Filippo, *Il contratto*.
116 Terenzio Afro, *Heautontimorumenos*.
117 Goethe, *Egmont*.
118 Shakespeare, *Il mercante di Venezia*.
119 Shakespeare, *Riccardo III*.
120 Miller (Arthur), *Uno sguardo dal ponte*.
121 Césaire, *La tragedia del re Christophe*.
122 Gatti, *V come Vietnam*.
123 Weiss, *Cantata del fantoccio lusitano - Notte con ospiti*.
124 Gombrowicz, *Operetta*.
125 Ruzante, *Due dialoghi*.
126 Toller, *Oplà, noi viviamo!*
127 Seneca, *Fedra*.
128 Adamov, *Off limits*.
129 Čechov, *Ivanov*.
130 Wesker, *Le quattro stagioni - Una città dorata tutta per loro*.
131 Molière, *Il misantropo*.
132 Goldoni, *I rusteghi*.
133 Neruda, *Splendore e morte di Joaquín Murieta*.
134 Firenzuola, *La Trinuzia*.
135 Čechov, *Il gabbiano*.
136 Alberti, *L'uomo disabitato - Notte di guerra al Museo del Prado*.
137 Aretino, *La Cortigiana*.
138 Čechov, *Zio Vanja*.
139 De Filippo, *Il monumento*.
140 Dorst, *Toller. Scene di una rivoluzione tedesca*.
141 Beckett, *Giorni felici*.
142 Giraudoux, *La pazza di Chaillot*.
143 Ionesco, *Il giuoco dell'epidemia*.
144 Brecht, *La Madre*.
145 Plauto, *Aulularia*.
146 Wesker, *Gli amici*.
147 De Filippo, *Ogni anno punto e da capo*.
148 Dürrenmatt, *I fisici*.
149 Cini, *Il baratto*.
150 O'Neill, *Strano interludio*.
151 Bentivoglio, *Il geloso*.
152 Scabia, *Commedia armoniosa del cielo e dell'inferno*.
153 Beaumarchais, *Il matrimonio di Figaro*.
154 Ibsen, *Gli spettri*.
155 Brecht, *L'eccezione e la regola*.
156 Seneca, *Edipo*.
157 Eschilo, *L'Orestea*.
158 Goldoni, *L'Amante militare*. In appendice *Il Quartiere fortunato*.
159 Artaud, *I Cenci*.
160 Albee, *Tutto finito*.
161 Feydeau, *Occupati d'Amelia*.

162 Goldoni, *Gl'Innamorati*.
163 De Filippo, *Il sindaco del Rione Sanità*.
164 De Filippo, *La grande magia*.
165 Ionesco, *Macbett*.
166 Maraini, *Viva l'Italia*.
167 Ibsen, *La donna del mare*.
168 Miller (Arthur), *Dopo la caduta*.
169 Shakespeare, *Sogno d'una notte d'estate*.
170 Williams (Tennessee), *Un tram che si chiama desiderio*.
171 O'Neill, *Il lutto si addice ad Elettra*.
172 De Filippo, *Gli esami non finiscono mai*.
173 Sofocle, *Antigone*.
174 Aristofane, *Lisistrata*.
175 De Filippo, *Sabato, domenica e lunedí*.
176 De' Medici, *Aridosia*.
177 Valle-Inclán, *Divine parole*.
178 De Filippo, *Mia famiglia*.
179 De Filippo, *Bene mio e core mio*.
180 Porta, *La presa di potere di Ivan lo sciocco*.
181 Molière, *Tartufo o L'impostore*.
182 Aub, *San Juan*.
183 Euripide, *Le Troiane*.
184 Solženicyn, *Una candela al vento*.
185 De Filippo, *De Pretore Vincenzo*.
186 De Filippo, *Ditegli sempre di sí*.
187 Dorst, *Era glaciale*.
188 Sarraute, *Isma* ovvero *Quel che si dice niente* seguito da *È bello*.
189 Schnitzler, *Girotondo*.
190 Kezich, *Il fu Mattia Pascal*.
191 Canetti, *La commedia della vanità*.
192 Maraini, *La donna perfetta* seguito da *Il cuore di una vergine*.
193 Shakespeare, *La bisbetica domata*.
194 Ibsen, *Peer Gynt*.
195 Valle-Inclán, *Luci di bohème*.
196 Weiss, *Tre atti unici*.
197 Pinelli, *Il Giardino delle Sfingi e altre commedie*.
198 Goldoni, *I due gemelli veneziani*.
199 Aristofane, *Rane*.
200 De Filippo, *Io, l'erede*.
201 Ariosto, *La Lena*.
202 Pinter, *Vecchi tempi*.
203 Wesker, *I vecchi*.
204 Pinter, *Terra di nessuno*.
205 Handke, *Esseri irragionevoli in via di estinzione*.
206 Fo, *La signora è da buttare*.
207 Rosso, *Un corpo estraneo - Esercizi spirituali*.
208 Maraini, *Don Juan*.
209 Bertolazzi, *El nost Milan*.
210 Weiss, *Il processo*.
211 O'Neill, *Lunga giornata verso la notte*.
212 Albee, *Marina*.
213 Shakespeare, *Le allegre comari di Windsor*.
214 De Simone, *La gatta Cenerentola*.
215 Dürrenmatt, *Il complice*.
216 Machiavelli, *Clizia*.
217 Lowell, *Prometeo incatenato*.
218 Blok, *Drammi lirici*.
219 Sofocle, *Le Trachinie*.
220 Plauto, *Il soldato spaccone*.
221 Shakespeare, *Coriolano*.
222 De Musset, *Lorenzaccio*.
223 Molière, *Le intellettuali*.
224 Williams (William Carlos), *Molti amori. Un sogno d'amore*.
225 Shakespeare, *La dodicesima notte*.
226 Genet, *Le Serve*.
227 Molière, *Il malato immaginario*.
228 Weiss, *La persecuzione e l'assassinio di Jean-Paul Marat rappresentati dai filo-drammatici di Charenton, sotto la guida del Marchese di Sade*.
229 De Filippo, *Le bugie con le gambe lunghe*.
230 De Filippo, *Il figlio di Pulcinella*.
231 De Filippo, *Chi è cchiú felice 'e me!*
232 Shakespeare, *Il racconto d'inverno*.
233 Miller, *Morte di un commesso viaggiatore*.
234 Dürrenmatt, *La dilazione*.
235 Seneca, *Ercole furioso*.
236 Euripide, *Elena*.
237 De Filippo, *Tommaso d'Amalfi*.
238 Calderón de la Barca, *La vita è sogno*.
239 Pinter, *Il compleanno*.
240 Shakespeare, *Misura per misura*.
241 Shakespeare, *Molto rumore per nulla*.
242 Plauto, *Anfitrione*.
243 Apollinaire, *Le mammelle di Tiresia - Color del tempo*.
244 Lessing, *Emilia Galotti*.
245 Dürrenmatt, *Radiodrammi*.

246 Calderón de la Barca, *Il medico del proprio onore - Il pittore del proprio disonore*.
247 Céline, *Progresso*.
248 Pinter, *Il guardiano*.
249 Genet, *Il Balcone*.
250 Goldoni, *Il ventaglio*.
251 Goldoni, *Trilogia della villeggiatura*.
252 Brecht, *Nella giungla delle città*.
253 Brecht, *Vita di Edoardo Secondo d'Inghilterra*.
254 Brecht, *Teste tonde e teste a punta* ovvero *Ricco e ricco van d'accordo*.
255 Ford, *La sventura d'essere una prostituta*.
256 Ionesco, *La lezione - Le sedie*.
257 Pinter, *Tradimenti*.
258 Genet, *I Negri*.
259 Verga, *La lupa*.
260 Schiller, *Maria Stuarda*.
261 Fruttero e Lucentini, *La cosa in sé*.
262 Čechov, *Atti unici*.
263 Čechov, *Lešij*.
264 Čechov, *Platonov*.
265 Čechov, *Teatro*.
266 *Mettiti al passo!* Soggetto di Eduardo De Filippo. Versione di Claudio Brachini.
267 Eschilo, *I Persiani*.
268 Plauto, *I due Menecmi*.
269 Scabia, *Scontri generali*.
270 Brecht, *Turandot* ovvero *Il Congresso degli Imbiancatori*.
271 Goldoni, *La Famiglia dell'Antiquario*.
272 Weiss, *Hölderlin. Dramma in due atti*.
273 D'Amico, *Le lettere di Lewis Carroll*.
274 Pinter, *La serra*.
275 Ionesco, *Viaggi tra i morti*.
276 Wesker, *Trilogia* (*Brodo di pollo con l'orzo*, *Radici*, *Parlo di Gerusalemme*).
277 Schiller, *La pulzella d'Orléans*.
278 Pinter, *Altri luoghi* (*Una specie di Alaska*, *Victoria Station*, *Voci di famiglia*).
279 *L'erede di Shylock*. Soggetto di Eduardo De Filippo. Versione di Luciana Luppi.
280 Frisch, *Trittico. Tre quadri scenici*.
281 *Un pugno d'acqua*. Soggetto di Eduardo De Filippo. Versione di Renato Ianní.
282 Pinter, *Il bicchiere della staffa* e *Monologo*.
283 Schiller, *I masnadieri*.
284 Marivaux, *Le false confidenze*.
285 Schnitzler, *Anatol*.
286 Albee, *Chi ha paura di Virginia Woolf?*
287 Duras, *Suzanna Andler*.
288 Mrożek, *Emigranti*.
289 Sheridan, *Il critico* ovverosia *Le prove di una tragedia*.
290 Schnitzler, *Amoretto*.
291 Ibsen, *Hedda Gabler*.
292 Genet, *Sorveglianza speciale - I Paraventi*.
293 Williams (Tennessee), *Lo zoo di vetro*.
294 *Peppino Girella*. Sceneggiatura di Eduardo De Filippo e Isabella Quarantotti.
295 Molière, *La scuola delle mogli*.
296 Shaffer, *Amadeus*.
297 Strindberg, *La contessina Julie*.
298 Alfieri, *Mirra*.
299 Kleist, *Il Principe di Homburg*.
300 Goldoni, *Il campiello*.
301 Manzoni, *Adelchi*.
302 Turgenev, *Pane altrui*.
303 Jarry, *Ubu re*.
304 Kleist, *Pentesilea*.
305 Svevo, *La rigenerazione*.
306 Rohmer, *Il trio in mi bemolle*.
307 Hampton, *Les Liaisons dangereuses*.
308 Strindberg, *Danza di morte*.
309 Marivaux, *La disputa* e *Gli attori in buona fede*.
310 Schiller, *Guglielmo Tell*.
311 Cocteau, *La voce umana* e *La macchina infernale*.
312 Dürrenmatt, *La visita della vecchia signora*.
313 Ginzburg (Natalia), *L'intervista*.
314 Calderón de la Barca, *L'alcalde di Zalamea*.
315 Coleridge, *La caduta di Robespierre*.
316 Shakespeare, *Tito Andronico*.
317 Goethe, *Stella. Commedia per amanti*.
318 Beckett, *Finale di partita*.
319 Ibsen, *Rosmersholm*.
320 Ruzante, *La Piovana*.

321 García Lorca, *Donna Rosita nubile o Il linguaggio dei fiori*.
322 Goldoni, *La casa nova*.
323 Miller (Arthur), *Erano tutti miei figli*.
324 O'Neill, *Drammi marini*.
325 Minoret - Arnaud, *Salotti*.
326 Aristofane, *Donne all'Assemblea*.
327 Brecht, *Baal*.
328 Labiche, *La cagnotte*.
329 Manzoni, *Il conte di Carmagnola*.
330 Scarpetta, *Miseria e nobiltà*.
331 Schiller, *La congiura del Fiesco a Genova*.
332 Sofocle, *Edipo re. Edipo a Colono*.
333 Shakespeare, *Pene d'amore perdute*.
334 Babel', *Tramonto*.
335 Euripide, *Oreste*.
336 Coward, *Breve incontro*.
337 Bulgakov, *I giorni dei Turbin*.
338 Giacosa, *Come le foglie*.
339 Strindberg, *Il padre*.
340 Pasolini, *Affabulazione*.
341 Lope de Vega, *Il nuovo mondo scoperto da Cristoforo Colombo*.
342 Griboedov, *L'ingegno porta guai*.
343 Euripide, *Ifigenia in Aulide. Ifigenia in Tauride*.
344 Pirandello, *Sei personaggi in cerca d'autore*.
345 Aristofane, *Pace. Uccelli*.